突 破 认 知 的 边 界

张丽钧 著

清允许一朵花慢慢盛开

光明日报出版社

图书在版编目（CIP）数据

请允许一朵花慢慢盛开 / 张丽钧著. -- 北京：光明日报出版社，2023.9
 ISBN 978-7-5194-7466-9

Ⅰ.①请… Ⅱ.①张… Ⅲ.①散文集—中国—当代 Ⅳ.①I267

中国国家版本馆 CIP 数据核字(2023)第 174359 号

请允许一朵花慢慢盛开
QING YUNXU YIDUO HUA MANMAN SHENGKAI

著　　者：张丽钧	
责任编辑：谢　香　孙　展	责任校对：徐　蔚
封面设计：田　松	责任印制：曹　净

出版发行：光明日报出版社
地　　址：北京市西城区永安路 106 号，100050
电　　话：010-63169890（咨询），010-63131930（邮购）
传　　真：010-63131930
网　　址：http://book.gmw.cn
E - mail：gmrbcbs@gmw.cn
法律顾问：北京兰台律师事务所龚柳方律师
印　　刷：天津鑫旭阳印刷有限公司
装　　订：天津鑫旭阳印刷有限公司
本书如有破损、缺页、装订错误，请与本社联系调换，电话：010-63131930

开　　本：146mm×210mm	印　张：8.5

字　　数：160 千字
版　　次：2023 年 9 月第 1 版
印　　次：2023 年 9 月第 1 次印刷
书　　号：ISBN 978-7-5194-7466-9
定　　价：49.80 元

版权所有　翻印必究

目 录

第一辑

美是邂逅所得

002　蒲葵，我的蒲葵

005　浇花

008　莲的确证

011　最是昙花染魂香

014　香的爪，暖的足

017　花儿怎样谢幕

020　滴水观音

023　第七棵龙爪槐

027　柳色新

029　艳遇黄栌

033　牡丹花水

036　榴花有梦

039　海棠花在否

042　长在校园里的山楂树

045　一枚果的低语

第二辑

心中有棵"向月葵"

048　心许子午兰

051　不让兰花知道

055　舒心草

058　玉兰凋

061　菊

063　一叶莲,一日妍

066　丁香何曾怕

069　附近有薰衣草

072　绿宠

075　开在石头上的美丽心花

079　花香拦路

081　我有爱花心

084　会晤梨花

086　心中有棵"向月葵"

第三辑

来自田野的疗愈师

090 满目青绿，一揽入怀

093 带走你林间一缕清风

097 创造月亮

100 来自田野的疗愈师

103 天地之间的散步

105 童心不凋

108 虫唱

111 来自蝴蝶的一个吻触

113 今天天鹅不想飞

115 看不见的鸟

118 虫爱

121 抬头看云

123 春日絮语

126 一湖云

129 变我为虫，变虫为我

第四辑

寻找你的"精神花地"

132 井底有个天

135 精神灿烂

137 别丢了坎蒂德

140 寻找你的"精神花地"

143 书疗

146 秋窗风雨夕

150 踏着鲜花　走向死亡

153 脚窝里开出的花朵

156 七瓣莲里的人生

159 "死而不亡"和"勇于不敢"

162 辈览万物，仿佛初见，仿佛永诀

166 炫富

169 藏在木桩中的椅子

172 惊喜力

175 一颗心路过一张纸

第五辑

愿生命恬淡如湖水

180　畏惧美丽

182　耽于美丽

185　吸进来，呼出去

189　愿生命恬淡如湖水

191　那朵叫"优雅"的花

193　另一个生命，是我最大的支柱

195　感恩一杯水

198　盘扣子

200　目光的第二次给予

203　雪坠　雪坠

206　文竹开出小雪花

209　舍我一些花籽

212　精神容颜，赛过貂蝉

215　一种值得拥有自己节日的树

218　一转身就能拥住春天

第六辑

让我在鲜美的时候遇上你

222　你不能施舍给我翅膀

224　樱花与初恋

227　让我在鲜美的时候遇上你

229　花有幸

232　深爱带来深呼吸

235　鲁菲丝和布非耶都不曾离去

238　每一只鸟都是我的情敌

241　那个叫"勺"的女生

245　1与1000比邻而居

248　树先生

251　钟情种子

254　你我的"羽衣"

256　注意！此时此地！

259　包容是一条五彩路

第一辑

美是邂逅所得

风,时刻都在梦想着摘走世间所有的花儿。
无力捍卫自己美丽的花儿,爽性就将生命交付出去了。
而那勇于捍卫自己美丽的花儿,
有能耐护住自己的芳魂,不叫它轻易飘散。
如果花儿是自己容颜的圣徒,它会选择任由风吹落;
如果花儿是自己思想的圣徒,它会选择焦枯于枝头。

蒲葵，我的蒲葵

甘心将你的喜忧交给一株植物绝对是一件惬意的事！这是我在同蒲葵相处的那些日子里得到的深切体会。

休息天，独自驾车去办事，事办得意外顺利，赚出了一个多钟头的时间。去哪儿？这个问题一冒出来，自己先被逗笑了。——真有趣，赚出了几十分钟的时间，似乎只有由着性子"挥霍"了去，才不觉亏。

一个念头闪了一下，仿佛阳光下的一丝蛛线。但就是这一丝蛛线，居然拉动了车头。

这是一条清静的路，在城市的西郊。车可以撒欢儿地跑。放眼望去，田野里的背阴处还有未化净的残雪。而我要去的地方，却春意正浓。

"苗苗苗圃"，是这个名字！当初只听人讲了一遍，就烙脑子里了。——名字起得妙啊！

车子停好了，却不敢贸然下来，因为有一大一小两只狗跑过来对着我起劲地叫。穿红挂绿的女主人满脸堆笑地对着两只狗亲切地骂着脏话，它们便识趣地摇着尾巴走开了。我这才战战兢兢地下了车，随那女人进了暖棚。

暖棚里又暖又潮，植物的味道与农家肥料的味道混合在一起，呛得我好一阵咳嗽。

"大姐想买什么花呀？是想看叶还是想看花？"那女人热情地尾随着我发问，我却没有接她的话茬，只管匆匆穿越了橘树、巴西木和盛开的杜鹃，冲着绿意葳蕤的一片蒲葵走去。

我在并肩站立着的两棵树形极佳的蒲葵前停下了，转头问那女人："这两棵蒲葵卖吗？"她为难地笑笑说："哎呀，实在对不住啊！这两棵蒲葵是我们代别人保管的。你再看看别的中不？你看这一棵咋样啊？"我对这意料之中的回答很是满意，却无心看她推荐的蒲葵，只莫名兴奋地围着那两棵最中意的蒲葵转了好几圈，末了，又用手机为它们拍了照。

我是空着两只手从暖棚出来的，那女人似乎也并不嗔怪，高兴地告诉我说后天要从南方进一批新花木，欢迎我到时候再过来看看。

在一大一小两只狗"汪汪"的叫声中，我上了车。

上车时看了一眼表，嘿嘿，刚好把那赚出来的时间"花"掉。

——那女人永远不会知晓，我其实是专程来看望那两棵蒲葵的。

初夏时节，单位从这个苗苗苗圃购买了一批花木，其中就包括这两棵蒲葵。蒲葵摆放在离我办公室很近的地方，每天上下班都要与它们擦肩而过。总觉得它们很像是"具体而微"的椰树，而我，常愿意借助它们便捷地回顾一下椰风海韵中的童年。有时候看到蒲葵的花盆里缺水了，便怜惜地给它们浇上一些，不愿意让它们在等待那懒惰园丁的过程中被焦渴折磨。

甘心将你的喜忧交给一株植物绝对是一件惬意的事！这是我在同蒲葵相处的那些日子里得到的深切体会。我天天都要神情愉悦地向那两棵蒲葵行注目礼。新叶子钻出来时最能牵动我的心怀，我会忍不住为它用力，恨不得替它即刻舒展开宽阔美丽的叶子；而当一片老叶转为枯黄，我会为它叹息，很想打探清楚究竟是树干扬弃了这片叶子，还是这片叶子扬弃了树干……

秋开始疯狂掠夺绿色的时候，庭院里盆栽的花木被送进了低矮的花窖，只有这两棵身材高大且对生长环境挑剔颇多的蒲葵被送回了"娘家"寄养。它们走后，这颗心竟生出淡淡的牵挂。那牵挂不足以让人寝不安席、食不甘味，但却时不时从心底冒出来，引逗相思。

今天，我终于把自己送了过来，看看系念的蒲葵，也让系念的蒲葵看看我。很满意自己对这个奇异念头的纵宠。我在想，有时候，爱的"挥霍"其实就是在这样一个于别人看来似乎毫无意义的选择中悄然完成的，不是吗？

进入市区，碰上塞车。坐在一个停摆的方向盘前，第一次，没有在心里恶毒地咒骂。我打开手机，欣赏我的蒲葵，告诉它，我可以等。

浇花

上帝爱他的花园，大概，他也会用清水、微笑和歌声来浇花吧？

阳台上的双色杜鹃开花了，终日里，妖娆的红色与雅洁的白色决胜，静静的阳台显得喧嚷起来。

妈妈提来喷壶，哼着歌给花浇水。她在看花儿的时候，眼里漾着笑，她相信花儿们能读懂她这份好感，她还相信花儿会在她的笑影里开得更欢——她用清水、微笑和歌声来浇花。

儿子也学了妈妈的样子，拎了喷壶来给花儿浇水。呵呵，小小一个男孩子，竟也如此懂得怜香！

一天，妈妈仔细端详她的花儿，发现植株的旁侧生着几株茁壮的杂草。她笑了，在心里对那杂草说："几天没搭理你们，偷偷长这么高了？想跟我的杜鹃抢春光，你们的资质差了点！"这样想着，俯下身子，拔除了那杂草。

儿子回到家来，兴冲冲地拎了喷壶，又要给花儿浇水。但当他跑到阳台上，却忍不住哭叫起来："妈妈，妈妈，我的花儿哪去了？"

听到哭闹，妈妈一愣，心说莫非杜鹃插翅飞走了？待她跑过来,却发现杜鹃举着笑脸,开得好好的。妈妈于是说:"宝儿,花儿不在这儿吗?"

儿子哭得更厉害了:"呜呜……那是你的花儿!我的花儿没有了!"

妈妈见儿子绝望地指着原先长草的地方,顿时就明白了,说:"宝儿,那哪是花儿呀?那是草,是妨碍花儿生长的杂草!妈妈把它拔掉了。"

不想儿子却说:"我天天浇我的花儿,它都开了两朵了!呜呜……"

妈妈疑惑地把那几株杂草从垃圾桶里翻拣出来,发现那蔫蔫的叫不上名的植物上确实开着两朵比叶片颜色稍浅的绿色小花儿。妈妈想说:"这也配叫花儿,你看它们多丑哇!"但是,不知为什么,妈妈没有说,她的心温柔地动了一下,俯下身抱起了孩子。

"对不起,妈妈不该拔掉你的花儿。宝儿,你真可爱!妈妈要替这两朵小小的花儿好好谢谢你,谢谢你眼里有它们,谢谢你一直为它们浇水;妈妈还要替妈妈的花儿谢谢你,因为在你为你的小花儿浇水的时候,妈妈的花儿也沾了光!"

后来,妈妈惊讶地发现,这个世界上原先被她忽略的花儿可真叫多!柳树把自己的花儿编成一个个结实的绿色小穗,杨树用褐色的花儿模拟虫子逗人,狗尾草的花儿就是毛茸茸的一条"狗尾",连蒺藜都顶着柔软精致的小花儿与春风逗弄……上帝爱他的花园，大概，他也会用清水、微笑和歌声来浇花吧？并且，他会和孩子一样，不会忽略掉哪怕是最不起眼的一株植物的一抹浅笑……

莲的确证

从菊心看到众生，从莲心看到世界，因心存敬畏，故行有所止，因行有所止，故路路通达。

余光中曾说过：再没有什么花比莲更自成世界的了。莲是恋，莲是怜。莲经、莲台、莲邦、莲宗，何一非莲？莲是一种至高的境界，是美、爱、神的综合象征。

看到那南开大学随录取通知书为2020级新生寄赠的两颗莲花种子，不由心中咯噔一下。想，这神创意，究竟出自何人之手？我等浊物，竟有福与之共处同一星球？

那青莲紫的精致丝绒荷包里，眠着两颗玲珑莲种。南开殷殷嘱你：一颗种在桑梓，不弃初心；一颗种在校园，见证成长。网友大叹：这见面礼，真真帅极了！

嗯，它若寄了枪头，我不讶异，我讶异的是，它寄了比枪头更具"杀伤力"的物件——它登时杀死了人心里的浊与俗，让那柔美如歌的情愫，礼花般恣意绽放天际。

能拿出这"豪礼"的学府，灵魂在高处。

当"两颗莲花种子"成功干掉国内外大事当仁不让地冲上热

搜榜第一名时，我忍不住要朝着南开大学的方向鞠躬。

令人大跌眼镜的是，仅时隔数日，就又有一档"莲事"冲上了热搜——南京玄武湖的并蒂莲蓬被一名曹姓男子薅下，理由是"想拿回去给家里人看看"。

我哑然失笑。不禁想起了苏霍姆林斯基记述的那个故事——学校的花房里开了一朵硕大的玫瑰花，大家纷纷来赏。一个四岁的小女孩，从容不迫地摘下了那朵花。苏霍姆林斯基发现后问女孩为什么这样做，女孩回答说："奶奶病得很重，我告诉她学校里有这样一朵大玫瑰花，奶奶有点不相信，我现在摘下来送给她看，看过我就把花送回来。"看这理由，多刚！一个四岁的孩子，根本不懂得"落花难返枝"的道理，所以，她的做法得到了苏霍姆林斯基的谅解甚至赞美。

再回过头来看我们那位"巨婴"男同胞，他与那个四龄童一样，也是心念家人，但他清楚地知道"落花难返枝"，那也要冒天下之大不韪，奋勇薅下那并蒂莲蓬，亲手毁了那池中罕物。

但我还是想替这个"毁美"的男子申辩几句：在他的生命历程中，如果他曾获赠过两颗（一颗也成）丝绒荷包装着的莲种，他或许就不会那么鲁莽颟顸了吧？

文明与野蛮，在这个夏季，竟有机会通过莲得到一回确证。两番四百多万次的点击，也成了我说出"人间值得"与"人间不值得"的强有力的理由。

泰戈尔说："教育的终极目标是培养学生面对一丛野菊花怦

然心动的情怀。"从菊心看到众生，从莲心看到世界，因心存敬畏，故行有所止，因行有所止，故路路通达。

  昨日路过荷塘，又见青钱千张，又见烛焰荧荧。我想，设若这荷塘像玄武湖那般无心机地捧出一枝勾魂摄魄的并蒂莲，它能开到明天吗？我又想，设若这个城市有考生幸运地获赠了一个青莲紫丝绒荷包，他肯来此郑重投下一颗珍贵的莲种吗？这两个问题如菟丝子般在我心中镠镳纠缠，引我发出一声叹息。

最是昙花染魂香

因了这香,我情愿宽谅了人间所有的辜负。

我欠着昙花一笔文债。

三年了,每逢我家昙花绽放,老徐都会殷勤为她撰长文一篇,精描其姿,细绘其态,友人赞叹之余,不免问我:"为何不见你写昙花?"我答:"等着,我要写昙花的香!"

惜乎昙花的香很快就被庸常的日子稀释得淡而又淡,我那句允诺也被接踵而至的重要事件挤得了无踪影。

今年昙花孕蕾时,倏然羞赧地忆及自己那句豪言。伫立花前,抱愧地对她默念了句:"待我还账……"

这日下班回家,照例跑到阳台去看昙花,不禁急唤老徐道:"快来看!蕾发白、嘴微开、须子乍起来!这分明是要开的节奏啊!"

老徐似乎还在为蔫了四个小花蕾的事生闷气,也难怪,人家今年颂诗的题目都琢磨好了——《昙花组团儿来我家》,结果,团儿没组成,害得老徐的诗胎死腹中,他怎能不生气?只见老徐敷衍地瞄了一眼那吉夕素仙,闷声道:"嗯,要开。"说完就去忙旁的事了。

一年只开一朵，我家养了一株节制到悭吝的昙花哦。

吃饭时，我一次次跑到阳台去看，生怕昙花背着我"秒开秒谢"——尽管我知道根本不可能那么快。

在厨房收拾餐具的当儿，突然发觉不对劲——香了！我扔下手里的碗筷，冲到阳台。

那昙花，也就开了四分，最外层的须状花瓣仙袂飘举，花心那"迷你仙宫"却还若隐若现，但是，抑不住的异香却已急不可耐地喷涌而出。

我慌忙跑到客厅去拽正在看《老酒馆》的老徐，却一屁股坐在了他身边，因我惊异地发现，客厅竟也流溢着香！

我说："你快闻闻！昙花的香都跑到客厅来了！"老徐将信将疑地翕动着鼻翼，连做了五六个"闻"的动作，末了说："闻不见。"——嗯，他鼻子一向很"瞎"。

昙花在南阳台，我特意跑到我家北窗那里去嗅，嘿！居然在最遥远的北窗一带也能嗅到香！我的寒舍，彻底沦陷在花香里了。

我让鼻子工作着，从北窗那里一点点朝着昙花的方向走。那奇异的香牵引着我，从极淡到淡淡，从淡淡到微浓，从微浓到极浓，花香的层次十分鲜明。我意乱情迷地攀缘着"香阶"，整个人都飞了起来。

因了这香，我情愿宽谅了人间所有的辜负。

我眼前来了个怎样的仙姝啊——白绿色的花瓣娇姿欲滴，淡黄色的簇蕊妙不可言，最神奇的是那洁白的长蕊，竟仿佛一株微缩版的白菊，骄矜地舒展着细长的花瓣，作凌空欲飞状；那充斥了我家106平方米的香，就是从这个"迷你仙宫"中发射出来的呢！那香，绝不是清香，也不是幽香，它锐而郁，浓而烈，醉鼻餍心，是苏轼笔下"怕见此花撩动"的、撩你没商量的霸道的香呀！

鬼使神差地，我做了个奇怪的动作，在冰肌雪肤的花前奋力抓了两把空气，迅速送到鼻子底下闻——那香，真真让你感觉可掬可捧。

她不是夜来香，夜夜都有机会来；她积攒了364天的美艳和芳香，只在一夕挥霍，没有彩排，没有重播，甚至，连她最亲密的小伙伴们都中途退场了，你说，她怎能不拼死地美、拼死地香？

与昙花合照，大叹"怎么才能拍到她的香啊？"衣服换了一件又一件，只为用各种夸张的艳，衬她无瑕的白。

在她馥郁的香氛中，我睡意全无，一直陪她到凌晨2点——我奢望着获得一种由表及里的熏香呢！

口占一首《昙花吟》，我的仙子，愿讨得你欢心——

> 携挈月辉临吉宅，
> 偷得异香染人腮。
> 休怪徐娘出复入，
> 艳装频更缘君来。

香的爪，暖的足

"橙子闲搓指爪香，夜长暖足有狸奴"——我深爱的人儿啊，也请你捧走这两句美诗，去熏香你寡淡的日子吧……

    一个女生在她的作文中引用了周邦彦的一句诗："纤手破新橙。"她引用得十分牵强，换句话说，她就是为了引用这句诗而引用这句诗。

    我想，她一定是太喜欢这句诗了，不将它楔入自己的文中就不肯罢休。

    呵呵，我懂她。因为，我在她这个年纪，也是这样的。并且，那时的我也和这时的她一样，对周邦彦这个句子，欢喜得紧。

    拈着那页作文纸，我悄然自问：我究竟是从什么时候开始不再要死要活地欢喜"纤手破新橙"了呢？是从双手不再"纤"了之后吗？是从"破新橙"的钝感力渐增了之后吗？

    仿佛都是，又仿佛都不是。

    反正，后来，手触橙子时，心头浮起的不再是周邦彦的"纤手破新橙"，而是陆游的"橙子闲搓指爪香"了。

"橙子闲搓指爪香",你瞧这个句子,简直是从天庭偷来的呀!它那么"普适",任何一个亲近过橙子的人都可以奢享这一句美诗。相形之下,"纤手破新橙"显得多么"小众",它只是为香腻少女量身打造的。这就注定了,欢喜"纤手破新橙",是阶段性的,而欢喜"橙子闲搓指爪香",则是永久性的——不是吗?

隔了岁月的烟尘,我轻轻叩问那陆放翁:亲,你"闲搓"的,究竟是浑圆的橙子呢,还是一片片橙皮?我宁愿你"闲搓"的是橙皮,因为,橙皮内表面浅黄色的海绵状物,香气更馥郁,更值得一搓呢!还有,倘若你搓的是橙皮,则我和你所嗜搓的就一模一样了,这可真好!

只要一吟哦"橙子闲搓指爪香",我心中往往立刻跳出陆放翁的另一句诗:"夜长暖足有狸奴。"哈哈,香的爪,暖的足,虽说这分别是八竿子打不着的两首诗中的句子,可它们,分明是"配套"的呀!

寒冷的冬夜,陆游无羽绒被可盖,当然也无电热毯可铺,他家的被子大概跟杜甫家的被子有一拼吧——"布衾多年冷似铁"。可是,他多么幸运,因他养了一只猫咪!

入夜,寒侵,但老爷子半点都不焦愁,他令那只乖巧的猫咪殷勤地充当了他"会呼吸的暖脚炉"!

想着诗人将寒凉的双足惬意地埋进猫咪暖烘烘的腹足间(那只猫咪要足够长,最好还不太瘦),书页之外的我,登时傻笑着,从头暖到了脚。

想想看,染了橙香的"指爪",配上"狸奴"暖透的双足,这扑面而来的俗世的欢悦,是不是足以将每一个读者不由分说地裹挟了去?

作为一个侍弄文字的人,我常常忍不住对着千百年前那缥缈的背影感恩——感恩你的宠溺,竟为我预备下了这令我一吟辄醉的美诗!你知道我的指爪会寂寞,你知道我的双足会寒凉,所以,你早早为我储备了一份抚慰,让我甫一玩味,即周身温舒,不畏了人间苦寒。

"橙子闲搓指爪香,夜长暖足有狸奴"——我深爱的人儿啊,也请你捧走这两句美诗,去熏香你寡淡的日子吧……

花儿怎样谢幕

还不曾爱够就止息了的爱,最是适宜用记忆来瓶养。寒素的日子里,那绝尘而去的倩影,被善感的心一遍遍多情地念起,温不增华,寒不改叶。

在这世上,花儿谢幕的方式大致有两种:明媚着的匆遽谢幕和枯萎后的从容谢幕。前者如桃花、樱花,后者如迎春、杜鹃。

少年时读书,读到王安石和苏东坡对于"吹落黄花满地金"这个诗句虚实的争辩,晓得了菊花因生长地区不同而谢幕方式迥异。无端地,就煞是喜爱那趁着美艳慨然抛掷生命的黄州菊花,而对那把一团娇黄的火焰生生守成一堆灰烬的菊花甚是不屑。

其实,何止是菊花呢,我似乎对所有不惜在风中飒然卸妆的花儿都充满了无限好感。我家老宅前原有两棵巨大的泡桐树,仲春时节,喇叭状的淡紫桐花扑拉拉飘落,随手截获一朵,见伊正少女般开到妙处,让人寻不到一丁点儿惆怅凋谢的缘由。但是,伊似乎就是乐意由着性子地在这开得正妙的时刻猝然谢幕,那么不耽恋,那么不负责,执拗得让人绝望。怜香的心,恨不能就此随着伊去了……然而,我却不会让自己的鞋子去刻意地躲开那遍地落花——遣履底去细细阅读那早夭的淡紫色花朵，也算得上是一种别样的悼念了吧？

还不曾爱够就止息了的爱，最是适宜用记忆来瓶养。寒素的日子里，那绝尘而去的倩影，被善感的心一遍遍多情地念起，温不增华，寒不改叶。

眼前这个"月季园"，多少年一直被我粗心地忽略着，直到今年春上，一位生物教师给每株花都挂上了一个精致的花名牌子，我才知道了那些花儿几乎都有一个特别娇俏的名字——宠爱小姐、天国钟声、梅郎口红、超级明星、爱斯梅拉达……有一株，居然名叫"我亲爱的"！我指着那水红的花瓣，问那位兴致勃勃地命名了这些花朵的老师："你拿得准吗？它果真就叫这名字？"他笑笑说："要是错了，我就改掉自己的名字！"打那以后，每天路过月季园，我都会在心里亲切地轮番叫一遍它们的名字，用目光与那灵动着的芳菲愉快交流。

我注意到这些月季的谢幕方式竟然也因品种的不同而不同。那天黄昏，见一朵开得好好的"爱斯梅拉达"，突然就将水灵灵的、有着绸缎质感的花瓣大把大把赌气般地抛掷了。我不由得愣在了那里，徒然看着委身泥土的花瓣，无可援手。"这样多不好……"我站在那再也不堪收拾的残花面前，嗫嚅道。我无意指责那花儿，我只是说，如果它能够再与邻居那些花儿多厮守几日，多染一缕霞霓，多看一眼星光，多听一阵风吟，那样多好啊！

我让自己游移了目光,赏爱地注视着与"爱斯梅拉达"比邻而居的"梅郎口红"。我注意到这株花赫然顶着一朵开败后枯焦的花。我怜惜地用拇指和食指去捻那干枯的花瓣,手心登时有了灰褐色的粉末。我想说,我多么珍爱这竭尽最后一丝气力拼死开放后的美丽遗骸!燃成了这等模样的爱,才会让忧惧着辜负与被辜负的心儿顶礼膜拜呀!

这般憔悴,这般枯槁,全无了先前的香艳与蕴藉,但是,你一俯首,就从另一朵盛开的"梅郎口红"上照见了自己的颜色,你知道,它是你的往昔,而你是它的明朝。——终场从容谢幕的花哟,你开到了不能再开,爱到了不能再爱!

风,时刻都在梦想着摘走世间所有的花儿。无力捍卫自己美丽的花儿,爽性就将生命交付出去了。而那勇于捍卫自己美丽的花儿,有能耐护住自己的芳魂,不叫它轻易飘散。

如果花儿是自己容颜的圣徒,它会选择任由风吹落;如果花儿是自己思想的圣徒,它会选择焦枯于枝头。

瞧,我分明是从喜欢"明媚着匆遽谢幕"的花儿起程的,却把喜欢"枯萎后从容谢幕"的花儿当成了归宿。——这很好,不是吗?

滴水观音

你便把一缕香魂通过我转赠给了她,你知道她会把这当成一个无比重大的精神事件,沉醉着宴飨,祝祷着感恩。

办公室里养了一棵滴水观音,阔大的叶子高高擎着,叶尖上常有水珠滴下。"真真没有虚担了'滴水'这两个字哦。"我每每擦拭办公桌边角上那一汪水痕时就忍不住这样想。可是,这"观音"两字又是从何说起呢?懵懂着,却一直未曾向人讨教。

深冬的一天早晨,我一上班,就觉得办公室好像有点异样。有一种味道,很特别的一种味道莫名地袭扰了我。不是我的香水的味道,没有那么浓烈;也不像新近得到的一种茶叶的味道,它比茶香更鲜亮;更不可能是窗外某种"路过"的香,它一点都不飘忽,很稳定地存在于这个空间。我遍寻了所有可疑的地方,最后,我停在我的滴水观音前。

居然是它开花了!

它的箭太像叶子的柄了,我根本没有注意到它的悄然挺出;它的花也是淡绿色的,恬淡地隐藏在叶子后面。

喊来了整个楼道的同事,让他们来看我的滴水观音。

在那朵散发微甜微香气味的花面前，一圈人纷纷举起了手机拍照。有人说："噢，这下终于明白滴水观音为什么叫滴水观音了！瞧这花型，多像一个小小的佛龛里供奉了一尊玉观音呀！"有人激动地附和说："真的呢！你看那观音，多么端庄秀美呀！"另一个年龄稍长的同事幽幽道："长这么大，这是我第二次见到滴水观音开花。但上次见到的那个香棒，绝对没有这个香棒更像一尊观音。太像了！简直太像了！"

大家散去之后，我给千里之外我的爱花成痴的母亲打了一个电话，告诉她一个令她无比开怀的美丽花讯。母亲听后惊喜地反复问我："真的吗？真的吗？你养的滴水观音真的开花了吗？我养过多少盆这种花呀，可到现在也没见过它的花是什么样子的。——那花真的很像观音吗？——看你多粗心，连今天是开花的第几天都不知道！不过，你忙啊，'观音'不会怪你的……"

第二天，收到妹妹发来的短信，说母亲逢人就讲我养的滴水观音大冬天的竟开花了！妹妹让我把滴水观音的照片传给她，以便进一步提高母亲向乡邻宣传时的可信度。我便将照片传了过去。

妹妹又发来短信说："看着你那个滴水观音，可把咱妈给羡慕坏了！她催我赶紧给咱家的滴水观音买些营养液，也好让它尽快开花。"

记忆中，母亲养的多是些"贱"花。吊兰、胭脂、仙人球、死不了……有时她来我这里住一阵子，每次往回打电话时必定要问起她的那些很"皮实"的花。"我的那些花好吗？"她总这样问，语气轻柔，如问儿女。那年，我养的一盆杜鹃早已半死不活了，母亲每天精心地给它施肥、浇水、松土，还跟它唠嗑，告诉它说，它开出的花真是漂亮，漂亮得赛过四月的牡丹、五月的石榴。我那杜鹃，想必是个专喜欢拣好话儿听的东西，居然水灵灵地活转来，开成了一个闹嚷嚷的花山！

那一年暑假，母亲在我这里小住，邻居一家人倾巢出去旅游了，把花都放在了阳台上，分明是指望着老天爷给浇水，可是，老天爷偏偏就忘了给浇。眼看着一溜儿花盆干渴得冒烟了，母亲毅然把我的一个不锈钢大缸子绑了长长的木柄，从阳台罩子里伸进去给人家的花一盆挨一盆地喂水。

…………

我的滴水观音终于在母亲一次次殷切的询问中幸福地谢幕了。打开手机，看到那个神秘端丽的影像，我会在心里对它说：我这么粗心，又这么怠懒，委实没有理由领受你飘然的君临与慨然的垂顾，但是，你一定掐算出我会把你的到来庄严地转述给一个人，一个于你于我都十分重要的人。于是，你便把一缕香魂通过我转赠给了她，你知道她会把这当成一个无比重大的精神事件，沉醉着宴飨，祝祷着感恩。她，愿意娓娓地告诉天底下所有的人——观音，带着微甜微香气息的观音，真的来过呢。

第七棵龙爪槐

无声的承受,温柔的抵抗,执着的固守,这些,使它焕发出了夺人眼目的生命神采。

昨夜,重霜偷袭了黄花。

在我日日上班经过的路上,那10棵站在矮栅栏后面的龙爪槐开始义无反顾地脱卸它们暗绿的叶子。我在第七棵龙爪槐面前默立了一阵子,心中祈祷着它能与秋风多对峙几日,也好让一树的青翠从容地完成与秋阳的热烈对话。

就是这棵龙爪槐,一夏半秋,给了我太多牵心扯肺的感觉,到如今,我几乎已将它的每一片叶子都视同儿女。

我原本不曾留意它的。每天上班,眼睛的余光瞥见右手边仿佛擎着一排绿伞,整齐得有些呆板,知道那是龙爪槐,我不中意的一种树。初夏的某一天,我一如平常地走在上班的路上,偶一抬眼,发现某棵龙爪槐有些异样,便凝神认真去望。这一望,竟望来了一阵惊悸。原来,那棵树上已爬满了褐色的毛虫,迎着朝日,那些蓬勃的东西毛尖发亮,屈伸间,显示出无尽的生机与活力。我把目光投向其他的几棵龙爪槐,发现它们居然一律安然无恙。仅有这一棵不幸的树，罹此大难。

就在那天，我知道了那棵树在那排树中所处的位置，遂在心中将它唤作"第七棵龙爪槐"。

仅仅两天的工夫，再看那棵苦难的树，已失尽了先前的模样。伞状的树冠，差不多只剩了触目惊心的"伞骨"。而被这一树叶子养肥了的毛虫，排着队，示威般地在那可怜的枝条上鱼贯前进。我站在矮栅栏外面，枉然叹息，无法援手。

一夜大雨。次日路经第七棵龙爪槐，竟无比惊喜地发现，丑陋的孽虫们消逝得无影无踪！

心中大喊着"不亦快哉"，不由得朝我的第七棵龙爪槐投去了殷切瞩望的目光，多么希望它能借着这场大雨的滋养，重新生出堪慰我心的嫩绿叶片啊！

果然，它的叶儿们似乎是"唰"的一下就钻出来了。好像树早就在它的体内藏了许多许多的叶子，变戏法般，说长出来就长出来了。

每天路过第七棵龙爪槐，我都要在心里对它夸一句"好样的"，因为它日新月异地生长着，椭圆形的小叶子很快就饱满起来了。

但是，突然有一天，我发现我钟爱的叶子有几片边缘残破了。我的心一沉，想，总不会是那些孽虫卷土重来了吧？那些被大雨带走了的东西，难道又不辞辛苦地找回到这棵树上来了？或者是那些孽虫的后代，潜隐在一个阴险的巢穴里，如今已经发育成熟,来完成前辈未竟的事业?

毛虫夜间是不休息的。只是一夜的工夫,它们就将这棵龙爪槐蹂躏得面目全非了。我暗淡的眼眸,越过这棵苦难的龙爪槐,向它后面的甬路张望,我知道我巴望着有个尽职的园丁,终于丢下了手中所有的活计,背着喷雾器,来为这棵不幸的树消灾。在对这个虚拟的园丁彻底失望之后,我又仰头望天,祈祷老天能垂怜于这棵多难的树,突降暴雨,将那些罪该万死的毛虫冲进阴沟,冲进地狱!可惜我的声音太微弱了,老天没有听到,或者,老天已经失聪。

毛虫吃光了一树叶子,又开始啃啮那些幼嫩的枝条……

我看到了知了从高大的树上栽下来,我听到了蟋蟀颤声的合鸣——时令已是仲秋了。

原来,那些毛虫也是畏寒的,它们死了,死在一个埋葬它们的季节里。我不敢去看那棵光秃的树,不敢再冒失地对它要求什么,冀望什么了。毕竟,已是秋天了;毕竟,它已多奉献了一树叶子了。

可它似乎决计不让我失望,在凉凉的秋风里,竟又顽强地努出了一树新叶!看到它永不向命运屈服的样子,我感动得几乎落泪。长久地伫立在和我进行了百余日生命对话的第七棵龙爪槐面前,好想把它动人的故事告诉每一个过往的行人。

这棵曾不被我垂青的树啊,在一年中经历了三个春天——一个春天是上天赐予的,两个春天是自我创造的。苦难来临,它没有呻吟，只在心中默默积攒着喷薄的力量。它接连地捧出了两树新叶，心染的绿色让人忍不住为它驻足叫好。无声的承受，温柔的抵抗，执着的固守，这些，使它焕发出了夺人眼目的生命神采。不公正的命运从它那里拿走得愈多，它就愈多地营造，即便是到了最不适宜实现绿色梦想的时节，也要微笑着和盘托出酝酿已久的春意。

不畏苦难的树，告诉我你体内还储藏着多少美丽的叶子？当漫天大雪开始冷冷地解说冬季，我愿意遁入一个关于你绿色羽翼的神异猜想，幸福地，随你率先飞进绚烂的春天。

柳色新

如果时间充裕,我多想纵宠自己在柳下小坐半日,趁着柳一生中最美的时光。

春了,日日忙乱,竟未顾上端详新柳,直至来到迁安,路过轩辕阁,方大吃一惊——湖畔柳色,鲜润到令人生疑!

我与同行的伙伴说:"走!去拍柳!"

她们说:"可是,这么多桃花、杏花……"

桃花、杏花怎能留住我的脚步?我的心,已属于柳了。

有福的柳,一定生于水畔。柳是水的女儿啊,有水润着,柳才欢。

瞧眼前这几株新柳,曼妙的柳枝,齐刷刷地垂下,太像女孩儿刚做了"离子烫"的发丝,垂,顺,柔,齐,媚,让人不由得想将手伸进那娇黄的发丝间,爱抚再爱抚。

当我有口无心地读王维的"柳色新",我何曾吃透那个"新"字的妙?此刻,"柳色新"被眼前的新柳色救起,我在心里千百遍说着"柳色新"——当真"新"啊!新得叫人担忧,担忧阳光偷了它的新,担忧春风窃了它的新,也担忧柳前这个爱柳人一遍遍念旧了它的新。

瞧这万条"绿丝绦",怎么拍都好看!蓝的天,碧的水,分明就是来衬它的呀!

如果时间充裕,我多想纵宠自己在柳下小坐半日,趁着柳一生中最美的时光。

"柳下",古代居然有人就姓这两个字呢!如果姓氏可以随意选,今天,我想任性地姓一姓"柳下"。

挥别新柳后,一眼一眼地回望它。

远了。更远了。

终于,它晕成了天边一抹黄绿色的烟雾。

——"烟柳"!这不就是"烟柳"吗!

语文课上,我曾拈起这个被古代文人深深钟爱的词,刻板地按照教科书上的注释,将"烟柳"说成是"烟雾笼罩的柳林",但又暗自跟那霸气的教科书抬杠——那,欧阳修的"杨柳堆烟"又该做何解释呢?

此刻,我多么欣赏那个气鼓鼓跟教科书抬杠的自己,因为,轩辕阁的柳使我愈加深信,"烟柳",就是"如烟之柳"啊!

这个春日的午后,在我,是多么豪奢的时光,因为,我亲昵了柳——可碰触的,不可碰触的。

艳遇黄栌

美是邂逅所得，美是亲近所得。

其实，我是奔着红枫去的。

学校对面的凤凰山公园，颇有几株高大的枫树。春日里见过它们开花的模样，楚楚可怜的一簇簇小花，黄绿色，几乎被叶子淹没。当初就对枫树说了："亲爱的，我等你盛装那一天。"

眼见得秋凉了，揣测那枫树应是别有一番景象了。遂哼唱着李子恒的"花落红花落红，红了枫红了……"直奔我的枫树而去。

远远地瞄见一团黄绿的云，全不见半丝红意。"好慢的性子！竟不见我都穿上厚毛衫了吗？"

再去，它说了声："稍候！"

又去，它说了声："抱歉！"

俗务劫了我。那也忘不掉迎着穿越凤凰山公园来上班的同事问一声："枫红未？"对方一脸茫然："枫何在？"

一夜西风紧。想那枫叶再不红就见鬼了！慌忙着了艳装，唤了伙伴，去会那枫。

呜呼！那枫，竟已残！

遍地枫叶，黄稠红稀。勤快的环卫工，将它们扫成了一堆一堆。再举头看那枫树，稀稀落落的枫叶，好生憔悴！未及红透，已然焦枯。恍然忆起一个爱好摄影的朋友所言：去香山拍红叶，要碰运气，就算你在香山附近租个民居一住半个月，那也可能错过了枝头红叶——霜来方红，风来即落；风来霜不来，只能拍遍地黄叶；就算霜来风不来，叶子经了霜，也会无风自落！所以，枝头红叶的"完美时间"，可能仅有几小时，而这几小时，又可能是在夜间……

不用问，我错过了枫树几小时的"完美时间"。

然而，且慢！那边怎会有夺目的一树橙红？

奔过去，我认出了它——黄栌！

它是黄栌！叶片俏丽、叶脉风致的黄栌！夏日里，我折了一枝枝叶青翠的黄栌，插进瓷瓶中，半个月后发现，它竟然生了根！慌忙将它请到一个玻璃瓶中，赏它诗意的叶，亦赏它诗意的根。

我和伙伴顾不得在一旁锻炼的老者如何讶异，只管纵声欢呼！

我说："我怎么不记得往年看到过如此绝色的黄栌啊！它一定是来补偿我们的！"它说："枫叶辜负了你，那就让我'给你点颜色看看'吧！"

那黄栌，可真敢用色！它把橙黄、杏黄、铋黄、柠檬黄和朱红、水红、嫣红、玫瑰红悉数大胆地涂在自己身上。我听见它用挑逗的口气说:"君喜色?我色丰!"

"色丰"是"艳"啊!嗯,它绝对担得起这个字。

想起木心所说,像是隔年要作废,尤其像不用完要受罚,"秋"滥用颜色了——树上、地上,红、黄、橙、赭、紫……挥霍无度,浓浓艳艳。这树岂不是疯了!这秋色明明是不顾死活地豪华一场……

是的,树疯了!我们也疯了!

我对镜头前的伙伴说:"快摘一片叶子!"

看它如情书——好极!

嗅它如花朵——好极!

听它如仙乐——好极!

吻它如婴孩——好极!

用它遮一只眼——好极!

把它当胸针戴——好极……

怎么着都好!是极好,不是大好,更不是小好!

秋叶盛开,比春花盛开更惹人礼赞、引人折腰呀!它不似春花点缀枝头那样左斟右酌,前思后想,惜墨如金地这里来一笔,那里来一笔。秋林用笔,豪野到爆!看眼前这棵黄栌,简直要将夺目的浓丽色彩泼溅到你身上了呀!

宋冬野唱道:"爱上一匹野马,可我的家里没有草原。"我借了这调子唱道:"爱上一棵黄栌,可我的家里没有院落。"

——若是有呢？若是有，川端康成这两个句子还能不偏不倚地射中我吗：美是邂逅所得，是亲近所得。

世界上有一棵叫作黄栌的树，它招引了我、亲近了我、抚慰了我，它让我无惧即将到来的漫漫长冬。这，已经很好了——不是吗？

牡丹花水

人间烟火味里铺展着无尽的梦幻织锦,美好的感恩,由衷的赞颂,既素朴又华丽,既"农民"又"小资"。

坐在从兰州开往敦煌的旅游车上,一路不停地喝水。问自己怎么会这么渴,回答竟是,焦渴的大戈壁传染给了我难耐的焦渴。

导游王小姐是个锦心绣口的人儿。在讲当地的风土人情的时候,她说:"你随便到一户人家做客,人家就会把你奉为上宾,用'牡丹花水'沏了八宝茶来款待你……"我问邻座的燕子,什么叫"牡丹花水"?燕子说她也不清楚。我只好凭空猜测——仿佛就是,妙玉给宝玉、黛玉沏茶用的"梅花雪水"吧?从梅花的蕊上小心翼翼地收集点点细雪,融成一掬冰莹蚀骨的柔水。这"牡丹花水",说不定就是采的牡丹花瓣上的露水、雨水呢。这样想着,禁不住对那"牡丹花水"神往起来。

到了嘉峪关市,我们要用午餐。坐在餐桌边等着上菜的当儿,服务员来上茶了。导游王小姐笑着说:"虽说不是八宝茶,却是'牡丹花水',大家一路辛苦,请用茶吧!"我万分惊讶地站了起来,瞪大了眼睛看着就要亲口品尝到的"牡丹花水"。但是,不对呀!服务员居然拎了个寻常的铝壶,咕嘟嘟给大家倒着最寻常的茶水。我跟燕子嘀咕道:"开玩笑,这哪里会是'牡丹花水'嘛!"燕子皱着眉头,一百个想不通的样子。终于,我忍无可忍地唤来了王小姐,问她:"难道,这真的就是你所说的'牡丹花水'吗?"王小姐听罢"噗"地笑了。她盯着我问:"你以为'牡丹花水'是什么神水仙水呀?'牡丹花水'是咱西北的老百姓对开水的一种形象叫法——你仔细观察过沸腾的水吗?在中心的位置,那翻滚着的部分,特别像一朵盛开的牡丹花。"

我"哦"了一声,双手捧住一只注满了"牡丹花水"的茶杯,眼与耳,顿时屏蔽了饭店中一切的嘈杂。

究竟是谁,在什么时候,怀着怎样的一种心情,给一壶滚沸的水起了这样一个俏丽无比的名字?世世代代,老天总忘了给这里捎来雨水。在茫茫的戈壁滩上,草活得那么苦,树活得那么苦,人活得那么苦。有一点浊水就很知足了,有一点冷水就很知足了,但,一个幸运的容器,竟有幸装了沸腾的清水!幸福的人盯着那水贪婪地看,他(她)想:喔,总得给这水一个昵称吧?叫什么好呢?抬头看一眼窗外,院里的牡丹花开得正好,那欣然释放着的繁丽生命,多像这壶中滚沸的水啊!——好了,就叫它"牡丹花水"吧。

我的心,在那一刻变得多么焦灼,竟恨不得立刻跑到饭店的操作间去看一眼从沸腾着的水的心中开出的那一朵世间最美丽、最独特的牡丹。这么久了，粗心的我一直忽略着身边最神奇的花开。我从一朵朵盛开的牡丹花旁走过，没有驻足，没有流连。是缺水的大西北给了我一个关乎水的珍贵提示，让我在此生一次平凡的啜饮中感受到了震撼生命的不平凡。

"牡丹花水。""牡丹花水。"我反反复复默念着你的名字——一个让人心疼的名字，一个让人心暖的名字。人间烟火味里铺展着无尽的梦幻织锦，美好的感恩，由衷的赞颂，既素朴又华丽，既"农民"又"小资"。把所有对生活的祈愿都凝进这一声轻唤当中，让苦难凋零，让穷困走远——我的大西北，愿你守着一朵富丽的牡丹，吉祥平安，岁岁年年。

榴花有梦

这"剪碎红绡却作团"的天真无邪的花,它该如何感谢那个机缘,那个让它与孩子消弭了疏离、获得了亲近的机缘啊……

忘不了初见这株石榴树时的情形。是六月的光景吧,一树怒放的榴花牵动了我的目光,匆遽的脚步不由得放缓了。耳畔萦绕起白居易的诗:"一丛千朵压栏杆,剪碎红绡却作团。"背诵这首诗的时候,我的世界里没有榴花;而当这诗句快要在记忆中湮灭的时候,却有一树真实的榴花赶来救活了它。

只是,这棵据说树龄已超过一个甲子的石榴树长错了地方——长在了喧嚷的校园。孩子好奇的心驱动了好奇的手,让那一圈铁栏杆变成了虚设。每当看到那满地"照眼明"的花和"子初成"的果,我都会莫名地迁怒于白居易,怨他鲁莽地下了"争及此花檐户下,任人采弄尽人看"的断语。的确,榴花是一种单纯到忘记了保护自己的花。它不似蔷薇披挂了浑身的刺以拒人,也不似荷花索性将家安到泥塘以远人,它就在你的跟前,烂漫地开出了一座花山,似乎根本来不及为能否在秋天收获一篓篓的红宝石而操心。

曾有富有爱心的孩子在石榴树上挂了个小吊牌，模拟着榴花的口吻对大家说："我喜欢你投来的目光，不喜欢你伸来的手。"但是，不被喜欢的手还是偷偷摸摸地伸了过来。

它的果实是甜的还是酸的？拿这个问题去问学校的一些老教师，他们全都一脸茫然地摇头。有人说，这棵石榴树好像就是一棵"看石榴"呢，原本结不成果的。这说法，倒是稍稍安抚了我一颗痛惜懊恼的心。

那年暑假，学校进行校园环境改造，一直将青石板铺到了石榴树下。那斑驳碍眼的铁栏杆被施工队拆除了。看到彻底失却了保护的石榴树，心一沉，想，这下，它说不定会面临"伤筋动骨"的灾祸了。

但是，居然没有！

开学了，陡然与人拉近了距离的石榴树在与孩子擦肩的枝丫上安然地开着火红的花朵，结着青绿的果实。它用一份十足的信赖征服了孩子的心，让孩子在不期然到来的亲昵面前变得有些羞赧，且生出了怜惜之情、护花之心。每一个从石榴树下走过的孩子，都目光温和，面带微笑，与那花那果共享着同一片蓝天。

秋后，破天荒地，每个班级都分到了一个籽粒饱满的大石榴！孩子们终于尝到了它的滋味——酸中带甜的滋味。

那之后的每一个秋天，孩子们都能分到更多的石榴果。他们自发成立了"爱石榴"小组，将自己对一棵树的浓浓情感传递给新入学的学弟学妹……

走进藩篱的榴花做了一个残破的梦，走出藩篱的榴花做了一个完满的梦。这"剪碎红绡却作团"的天真无邪的花，它该如何感谢那个机缘，那个让它与孩子消弭了疏离、获得了亲近的机缘啊……

海棠花在否

冰欺雪侮,夺了你枝上的颜色,你却以焦枯之躯,勤心供养出酬酢季节的娇美花串。

春尚嫩,草木未及醒。香抱来一盆浓烈的花,说:"海棠,让你眼睛先尝个鲜。"

——端的懂我,知我眼馋,送我一盆不嗜睡的妖娆。

好稀罕的海棠!铁色枝干,如焦似枯,失尽了生气,而在这焦枝之上,竟簪花戴彩般地缀了一串串娇姿欲滴的花朵。没有叶——保守的叶,或许还在慢条斯理地数着节气的脚步,花们却早耐不住了,你推我搡,捷足先登地抢了叶的风头。仔细端详那花与那枝,仿佛是不相干的两样东西——盛放与焦枯,奇迹般地同台演出,却又精彩得令人击节称赏。

这一盆"迷你"春天,婴儿般吸摄了我母性的心。暖气房太燥,天天提个喷壶,给她殷勤喂水。喷多了,怕浇熄烈焰;喷少了,又怕她喊渴。便忍不住怨她:"海棠海棠,你总该开个口,为自己讨要一场无过、无不及的春雨呀。"

每日里一进家门,心中问的第一句话必是:"海棠花在否？"——是韩偓的一句诗呢。青葱岁月里，欢悦地背诵过它；纵然我再善于舒展想象的翼翅，又怎可逆料，那诗句，竟是妥帖地预备了给我用在这里的。璎珞敲冰，梅心惊破，好花前吟诵好诗，在我，是多么奢华的时刻！可笑如我，竟毫无理由地以为，我的海棠愈开愈妍，定是得了我与韩偓的双重问候。

海棠花没有媚人的香，但这不妨碍我将自己融进她虚幻的香氛里。我安静地坐下来，与她长久对视。我想，如果我是一株植物，如果"焦枯"跋扈地定义了我的枝干，我还会葆有开花的心志吗？明知凋零就潜藏于日后的某一个时刻，我还会抗逆着令人畏缩的萧疏，毅然向世界和盘端出我丰腴的锦灿吗？

"如果说，一朵花很美，那么我有时就会不由自主地自语道：要活下去。"这是川端康成《花未眠》里面的句子。曾有个女生擎了书，认真问我："为什么看到一朵花很美，人就有了活下去的勇气呢？这两者之间有因果关系吗？"这个问题，问得多好啊！我一直执拗地相信，好的问题本身就包裹了一个好的答案，犹如花朵包裹着花蕊一般。我没有急于为这女生作答，或者换言之，我舍不得贸然作答——我愿意将这个问题交给流光。

一朵花，她的象征意义委实值得玩索。当她在浩渺的时空坐标上多情地寻到你，当她以生命的炽烈燃烧慨然地点化你，如果你不曾在这一场特别的约会中汲取到强大的精神能量，你不该为自己的愚钝而捶胸叹惋吗？

绽放，是一笔美丽的债，来人间还债的花与人，有福了。

坐在海棠花影中，想着这缤纷心事，突然不再担忧日后那场躲不过的凋零。当我再小心翼翼问起"海棠花在否"，即使我听不到枝头那热烈的应答，我也会用想象的丹青绘就一幅空灵画卷，供思想的蝶雍容栖止花间。海棠不曾负我，我亦未负海棠，我还要那些个赘余的幽怨惆怅派什么用场呢？

"焦枝海棠"，你喜欢我这样唤你吗？冰欺雪侮，夺了你枝上的颜色，你却以焦枯之躯，勤心供养出酬酢季节的娇美花串。焦枝是你风骨，海棠是你精魄。你可知，你至刚至柔的一句花语，怎样幽禁了我，又怎样救赎了我……

长在校园里的山楂树

我们用一个有趣的目标聚拢起了孩子们的心,使他们在对那美妙一天的遥想中快乐地付出、真诚地捍卫。

这是一所城市小学,规模不算太大,校舍也很陈旧,但校园的每个角落都洁净清新,每株花木都欣欣向荣。

校园的西南角,长着一棵山楂树。树龄大概和高年级的学生差不多吧。入秋以来,山楂树上累累的果子渐渐红透,煞是招眼。

一个做卫生的男孩子来到树下,低枝上的山楂果碰着了他光洁的额头。他调皮地在那枚果子下张开了嘴,做出一个欲要咬山楂的假动作。立即,有几个女生冲他尖声惊叫起来。调皮的男生涨红着脸解释了几句,但根本压不过她们怒斥的声音,男生招架不住,举着笤帚逃跑了。

三个行人路过这所小学,透过铁艺围栏看到里面红透了却一枚也不见少的山楂果,十分惊异。

一个说:"你瞧哇,这所学校的孩子可真可爱呀!我们小区里有两棵比这粗一倍的山楂树,但只有高枝上的几个果子能侥幸熬到秋天。开花的时候就被人攀折，等到结了果，更是遭了殃，孩子大人都好奇地去摘那果子，摘完了下面的，就开始跳着脚够上面的，够完了上面的，就拣根树枝打那更上面的，要不就拾块砖头，胡乱砸，把旁边住户的窗户都砸烂了。"

一个说："我猜呀，这所学校的校长一定是特别厉害！谁敢去摘那山楂果呀？罚死你！我小侄儿他们学校有一条校规，损一罚十。说不定呀，这所学校会'摘一罚一'——你敢摘一个山楂果，罚你赔一棵山楂树的钱。谁还敢摘呀？"

一个说："你俩说的都有道理，可我想，那山楂果上可能打过农药，或者学校吓唬孩子说打过农药。这一招特灵！我们老家有人承包果园，怕丢果，就竖个牌子，上面写着：'已喷剧毒农药，食后后果自负。'——你想，谁会那么傻，冒着生命危险去偷果？"

有个记者听到了他们的议论，决定去采访这所学校的校长。

当记者提出自己的问题时，慈祥的女校长微笑着打开了饮水机下面的冷藏柜，从里面拿出了一个鼓鼓囊囊的档案袋。记者凑过去看时，发现里面装的竟是青青红红的山楂果。

校长说："这些，都是孩子们从树下捡来的。下了雨或者刮了风，总有几个果子掉下来，孩子们就捡起来，送到了我这里。前几天，一辆卡车给学校运送水泥，不小心刮断了一根山楂枝，不少孩子围着那根树枝哭，他们都不忍心摘掉那枝子上挂着的果子。好多人觉得奇怪，不知道我们学校的孩子怎么这么爱护这棵山楂树。其实很简单,我只是在山楂花开放的时候给了孩子们一个允诺。我说,孩子们,如果你们能保证咱们的山楂果一枚都不少,咱们就把11月1日立为'山楂节',到时候,咱们一起来山楂树下联欢,我将给你们唱一首苏联民歌《山楂树》,然后咱们就打山楂,让食堂给咱们熬山楂汤!结果,孩子们爱那棵山楂树爱疯了。他们用心地点数了树上的果子,并向我保证说,到11月1日那天肯定一枚都不会少。9月1日开学的时候,一年级的小同学来了,看着满树半青不红的山楂十分兴奋,五年级的同学就自发地与他们结成了'爱山楂'友好年级,带着小同学给山楂树浇水,捡拾起落果送到校长室……就这样,我们用一个有趣的目标聚拢起了孩子们的心,使他们在对那美妙一天的遥想中快乐地付出、真诚地捍卫。"

　　记者在那棵果实累累的山楂树下拍摄了很多照片。他想,他有责任把这棵山楂树的故事说给更多的人听。

一枚果的低语

用美丽捍卫美丽只能保住半个美丽,用成熟捍卫美丽才能保住整个美丽。

我是从花蕊中启程的。

我最初的心思被春风阐释得很芬芳。阳光那么亮那么暖,他一下子就钻到了我生命的最深层,他对我说:"用美丽捍卫美丽只能保住半个美丽,用成熟捍卫美丽才能保住整个美丽。"

我于是毫不惋惜地把一份嫣红投入泥土。我知道脱去了盛装的自己有多么丑陋多么寒酸,我可怜的躯体一度充当着狂风的玩偶,在那令人心悸的摇曳动荡中,我甚至怀疑自己真要成为夏的祭品了……

一个可爱的孩子迎着我跑过来。他瞪大纯真的眼睛对我耳语:"你真了不起!你能孵出一个香香甜甜的圆满,对吗?"

我无声地笑了。暗暗发誓要用生命为这孩子撰写一部最真的童话!

光与影结伴滑过我生动光洁的肌肤,点点滴滴的忧喜贯穿了我成长的每一个时刻——忧,被我咽进腹中凝成了坚硬的核;

喜,被我写在脸上绽成了甘美的笑。

当第一阵秋风款款吹来的时候,我的童话业已完稿。我静静地期待着,期待着秋阳的披阅与润色。

我的梦很完美。我庆幸自己终于拥有了一份禁得起咀嚼的芳香。在这收获的季节里,我要悄悄告诉那个曾鼓励过我的可爱的孩子——

摘下我吧!享用我吧!不要为我姿容的消殒而难过。如果你还想读到我精彩童话的续篇,就请把我坚硬的内核埋进土壤,那样,我就能以下一个春季为起点,继续我更加美好充盈的生命历程……

第二辑 心中有棵「向月葵」

我神秘的气息,在月华如水的夜晚氤氲传递。
我无眠,是因为我的爱永不嗜睡。
在世界之外重新缔造一个世界,
我遣一个比"向月葵"更为敏感痴情的女子住进去,
直到住成美丽的女神。

心许子午兰

不想邀宠,无意争妍,慢条斯理地说出一个个漂亮的心愿,在完成了与星光的神秘对话之后,便义无反顾地凋萎了自己。

友人赠我一盆伶仃的植物,瘦长的叶子,顶部举着一簇花苞,那花苞左右分披了,一律是待放的姿态。友人告诉我说,这植物,脾性怪,偏在夜半开花,因而得名"子午兰"。

那夜为安妥几行文字,熬到很晚。忽而想起子午兰,正是开花的时候吧?揿亮阳台的灯,果然看见子午兰开得正好!但与我凭空猜想的不一样,不是热烈地全部绽放,而是仅开了一朵花。紫蓝颜色,指甲盖般大小,精致的花瓣,更加精致的花蕊,单单薄薄的样子,却不失风致——真个是禁得起端详的一种花呢!

次日起床,头一件事就是探头去看那朵子午兰,已经不十分精神了;中午下班回家再看时,却早谦卑地垂了头,寻不到半点儿昨夜的姿容。

那些日子就特别喜欢熬夜,熬到夜半时分,去看每次只开一朵的子午兰。有时分明看到分披两侧的花苞各自预备好了一个鼓胀胀的花蕾,在心里跟自己说:"这回,可要开出一对姊妹花了！"然而，那两个花苞仿佛决心捍卫某种风格，夜半依然是一枝独放，另一枝呢，自然排到了次日。

就这样一天一朵地被美好地吊着胃口。二十多个花苞，足足赚走了我二十几日的快乐。

很情愿为这棵子午兰付出些快乐的遐想。想她定然是不畏惧寂寞的一种花。不但选择了深夜，而且选择了独放。对着静静绽放的一朵紫蓝小花，总有向她诵读老杜那两句靓诗的冲动——"繁枝容易纷纷落，嫩叶商量细细开。"嘿，你没觉出"商量"这个词用得妙极吗？设若我的子午兰也需要"商量"，她们该用怎样细嫩的嗓音呢？呢喃说着次第展露芳菲心事的话题，连枝叶都给熏香了呢！不想邀宠，无意争妍，慢条斯理地说出一个个漂亮的心愿，在完成了与星光的神秘对话之后，便义无反顾地凋萎了自己。如果这一株植物也拥有一个小小的心儿，它一定是淡定的，从容的，也无疑是聪慧的，睿智的。太欣赏它那么妥帖地安排好了自己的花期，努力迁延了自己生命中最美丽的时光！

如果上帝也让我开出自己的一种花，昨天的我，或许会在选择的时刻惶惑，因为我同时爱着许多种花，掂量中，我定会被不得已的扬弃轻轻折磨；但是，今天，我已毅然决定让自己开成子午兰！不在喧嚷的时刻喋喋不休地诉说，不在阳光与尘土交织的天空下迫不及待地披露心迹。珍藏着一个紫蓝色调的愿望，面对自己的灵魂，悄然打开。借一方无形的镜子，照见自己的无瑕的容颜。在这个"凋谢"无情地觊觎着每一个无辜生命的世界上，我愿意学着子午兰的样子，每天让自己开出一朵花，不急于和盘托出满心锦绣，不逼着他人喝彩，认真掐算着，精心安排好每一个日子，细水长流地支付自己的美丽心情。只要有花可开，就不允许生命与暗淡为伴。而当凋谢必然降临，就在自己的花影中欣然谢幕，不怨艾，不盘桓，走得果决而又凛然。

　　心许子午兰。唯愿我的爱从尘世的喧嚷中沉静地滤出，作别繁复与火爆，携着一个简约的梦想，步入一种全新的纯美境界……

不让兰花知道

她们把保护雨林、再造雨林当成了一部与生命等重的经书来诵读。

在一档电视节目中,我邂逅了两个天使般的女童。当她们纯净如叮咚山泉的歌声响起来的时候,她们身后的一头小象开始陶醉地随着节奏跳舞。所有的人,都被这美妙的画面征服了。挑剔的评委也朝她们抛去了青眼。当其中一位评委表示要去她们的家——热带雨林做客时,妹妹含泪提醒他说:"你一定要种一颗种子。"在这个舞台上,太多人的梦想都是去某个音乐厅开演唱会,只有这两个小女孩,她们的梦想却是种树,是让小象回到它绿色的家。

节目的最后,妈妈也上台了。她黑发如瀑,沉静内敛,浓郁的理想主义气质使她看起来光彩照人。我眼睛一亮——这个女子,我曾在一份画报上见过!我紧张地望着屏幕,担心她会怆然泪下。然而,她在笑,始终在笑。

看到她,就想起了那个引领了她、滋养了她的德国男人马悠博士。

十八岁那年,马悠开始为德国一位环保领袖开车,一颗"绿巨人"的种子，就是在那时播到他的心田的。马悠是一位"天赋籽权"主义者，他带着宝贵的研究课题来到西双版纳，成立了"天籽生物多样性发展中心"。西双版纳大片大片的人造橡胶林，在马悠博士的眼里无异于"上帝的诅咒"——在热带，物种单一就意味着灾难。这位"雨林再造之父"开始焦灼地着手热带雨林的修复和再造工作。

马悠博士说，世界上有两万种兰花，西双版纳有五百种。珍奇罕见的兰花，多长在雨林的枯树上。马悠每天都要去寻找那些从高处跌落下来的兰花，然后把这些娇贵的植物运回实验室里培植繁衍，两年后，再一株株地绑回到雨林的树上。这样，兰花的家族就可以不断壮大。

马悠的浪漫史开始于一场晚宴。宴会上他对一个中国女子一见倾情，便送了她一件独特的见面礼——为她弹奏一首钢琴曲。他们幸福地走到了一起。并且，他的妻子义无反顾地爱上了他的所爱。

他们种树。

他们兴奋地掐算着，如果能活到一百二十岁，就可以看到自己手植的树苗成林。

她这样评价他："他介于英国查尔斯王子和巴西农民奇科蒙德斯之间。"他们共饮着生活赐予的琼浆，感恩上苍的精妙安排。他们的一双爱女相继降生人间。两个女孩赤足奔跑在森林般的庭院里，琅琅齐诵《道德经》。她们的玩伴是小狗小猫以及林中的昆虫。

十年的日子,在痴望绿色、勾勒绿色、培植绿色、守护绿色中迅跑而过。然而,在追梦的路上,马悠却猝然倒下,将妻子和两个女儿撇在了雨林中。

马悠埋骨于亲手植树的山坡——就算化成一抔土,也要与他深爱的树厮守在一起。他不会知道,他无助的妻子有时会独自来到他的墓前,与冥冥中的人共饮一杯红酒。她躺在一棵马悠最爱的树下,以被烧灼过、炙烤过,又被怜惜过、拯救过的土地为床,独自睡去,独自醒来。

亲密战友的抽身离去,把她的心掏了个永难填满的洞。

当被问及是否想退却的时候,她说:"人是有债的,现在,马悠的债在我身上。"现实中,她常被摆在一个个无奈的事件面前。比如,有几个年轻人,晚上回家看不清路,就"灵机一动",把她和马悠种的几十亩林地点着了——他们把马悠夫妇的肋骨拆下,当火把来烧。

她与荒蛮博弈。

她与愚氓博弈。

沉静的她,带着两个移植了父亲梦想的女儿住在雨林里。三个人一起唱着马悠生前最喜欢唱的歌,做着马悠生前最喜欢做的事。她们不想让兰花知道,那个常在高高的树下奋然救起坠落的自己的人已然离去。作为马悠的替身,她们一起在雨林里小心翼翼看护着他那个来不及做完的梦。她们把保护雨林、再造雨林当成了一部与生命等重的经书来诵读。

"大不了，我就当墓志铭。"她这样说。

我不愿意听一个背负着拯救"地球之肺"使命的人说出这么沉痛的话。我想，当枯树上跌落的兰花不再有人爱怜地捧起时，那么人类的跌落必将成为一件被所有残余物种额手称庆的事。

舒心草

我的生命之树上长满了青翠的叶片,可它们是多么容易飘落啊!

案头的山水盆景中生出了一株小草,茎如丝,叶如珠,绿如翠,煞是夺人眼目。

总有人指着这草问起它的芳名,我一片茫然,却不甘心,遂应道:舒心草。

自打给这小草赐名为"舒心",每每看它,心儿竟果真舒泰起来。这襟袖之间是山水,只是个象征性的玩意儿,是游不得的。若说游,倒是每日里它在游我——游我含泪含笑的目光,游我亦悲亦欣的情怀。那石,不是有吸吮功能的"上水石",嶙峋丑陋,遍体孔洞。拙劣的匠人在上面安了个蓝色琉璃小亭子,又植了一株文竹。但不久,小亭子即因碍眼被我断然毁弃;文竹呢,三涝两旱的,很快也就枯死了。就在我以为我的山注定作别了所有风景的时候,它自己竟孕育出了一株灵异的小草!

这株草,可真没有枉担"舒心"的美名。它自己舒心,也令观者舒心。

它长在半山腰,那里有个孔洞,大概里面藏了一星儿土吧,这就足够它立命了；它那么皮实，水浇得勤了懒了它都不在乎，有时我一连几天忘了给它水喝，歉疚地提了喷壶去看它时，发现它非但没有枯萎，还在顶端冒出了一芽新绿；最初它仅有一根柔弱的茎，宛如一条绿丝线，打了几个伶仃的结儿，可怜兮兮地在山体上垂挂着，后来，它几乎是遵循了某种美学原则，陆陆续续地抽捻出一线线嫩绿，并在那嫩绿上精心点缀一串米粒大小的叶片，几行玲珑的美诗就那样参差着，押着惬意的韵脚，精妙地注释着生命。

我的心常常被它俘获，目光久久地被它黏住。这小小的草，它是带着使命来到人间的吗？它要为我滤掉一些东西。生命的负累太重，连呼吸都仿佛注了铅，与这株轻灵的小草对视时，我为自己的沉重而羞愧，学着它的样子，我也要删繁就简地打理自己的欲望，以期让我的心能坦然地面对它的素心。我的生命之树上长满了青翠的叶片，可它们是多么容易飘落啊！一件沮丧的事能让它飘落，一句辜负的话能让它飘落，甚至一点点的曲解、一丝丝的误读，都可以让它悚然心惊。生命的叹息那样真切，爱的叶子瞬间失了颜色，悲鸣着扑向泥土……我的舒心草怎么就那么从容淡定呢？似乎从来就没什么窝心的事发生在它身上——阳光爱抚它时，它舒心；阳光背弃它时，它也舒心。我怀疑它心中是不是揣着一颗隐匿的小太阳，自己照耀自己，自己温暖自己，不怨艾，不忧戚，在这被别的植物厌弃的地方意兴盎然地活出自己的一种精气神。

总觉得自己是个颇有"植物缘"的人。去了一趟景忠山，痴痴地爱上了那里的松树，并激动不已地给它们取名为"帅松"；去了一趟空中草原，傻傻地爱上了那里的一种淡紫色小花，并一厢情愿地在心里唤它们为"女儿花"。喜欢对草木说话。那年春天，就亲切地对凤凰山公园里的一树碧桃说："喂，宝贝，你怎么开得这么好哇？"吓坏了打太极拳的一位老太太……常常想，莫非，前世竟是一株植物？今生对草木的喜爱原本就是一种自恋？不管怎样，反正是特别能被植物有效抚慰。就说眼前这株草，入眼不入心的观者太多了，可我，偏偏就把它爱出了心痛的感觉。伫立于世间最"迷你"的绿瀑前，耳畔常响起郑板桥的两句妙语："咬定几句有用书，可忘饮食。养成数竿新生竹，直似儿孙。"你看，那"新生竹"何尝不是郑板桥眼中的"舒心竹"呢？爱植物的人，心中永远没有冬天。

我愿意这样想——就在我写这篇《舒心草》的时候，我咫尺之遥的舒心草偷眼读懂了电脑屏幕上的这些文字，它美美地笑着，悄悄攒着劲儿，预备明天为我呈现更迷人的新绿……

玉兰凋

玉兰凋，于我而言，是一个不能忽略的精神事件。有一些艳不可渎的花瓣，直落进了我的生命里……

几日外出，竟辜负了玉兰花开。怎么就忘了她的花期？若记得，那能不能成为我拒绝此次外出的理由？我说："适逢我家玉兰花开，故不便外出。"这样的请假缘由，会不会被人讥为痴骏？

六株不高也不矮的玉兰树，长在我每日坐守的地方。冬天就给她们相过面了——这株枝上花蕾稠，那株枝上花蕾稀。花开时节，那稀的，可撑得住头顶一方蓝天？操着这等闲心，暗淡的日子里就摇曳起了虚幻细碎的玉兰花影……

抬眼处，我惊呆了——玉兰，正大把大把地抛洒如雪的花瓣。那些硕大的白花瓣，每一瓣都还那么莹洁鲜润呀，她们，可真舍得！仿佛听到了冥冥中的一声号令，趁着容颜未凋，决然扑向泥土。

这六株玉兰，是我见过的所有玉兰中的极品。花开得早，那些灰突突的慢醒植物都还在伸懒腰呢，她早精神灿烂地在微凉的风中吟诗作赋了；花色纯白，白得晃你的眼，最盛时，满眼是纤尘不染的白鸽，在枝上作欲飞状，惹得你大气都不敢出；花朵奇大，每一朵花，都大过我平摊的手掌，那年花开，我悄悄拿手去量她，被"喂"的一声断喝吓了一跳——是园丁，他以为遇到了窃花贼。见识了这六株美到极致的玉兰花，我品鉴起她们的同类来可就有了底气。遇到一株紫色玉兰花，众人皆赞，我却直接跟树上的紫玉兰对话："你咋弄了件这种颜色的袄子穿上了？学学我家玉兰，穿白色吧——白，是一种无敌的艳。"

黛玉说："花谢花飞花满天。"说的是那种花瓣菲薄的花，比如桃花，比如杏花，花瓣小过指甲盖，薄到无风都可旋舞，那等花，仿佛就是为谢而开的。玉兰凋，全然不是这样的，它太像一种仪式了，华妙，庄严，神圣，让你生出千缕思、万斛情。你想说"珍惜哦"，话还未及送出口，竟变成了"喜舍哦"。你想接住那跌落的硕大花瓣，手却迟迟没有伸出，你跟自己说："寒素的大地不也正焦灼地等待着承接一种美艳吗？"你为自己冒出的打劫之念愧怍不已。

早年我竟不知，玉兰的花芽居然是在头年秋天叶子脱落之后生发出来的。她要经过漫漫一冬的长跑，方能迎来生命华彩的粲然绽放。有一回在电视上看一个民间艺人展示他的作品——毛猴。上百只活灵活现的毛猴散布在袖珍的"花果山"上，煞是有趣。后来，艺人开始讲述毛猴的制作过程，竟是拿玉兰花蕾做猴身！我叹起气来，忍不住跟那艺人隔空对话道："猴子无魂，不来扰你；玉兰有魄，借猴鸣冤。"

一直在想，谁，是赐予你芳名的人呢？玉质兰心——除却你，谁个又能担得起？《镜花缘》中有"百花仙子"，司玉兰花的仙子是"锦绣肝"司徒妩儿。好想知道，今日我眼前这六株玉兰树，在那妩儿的辖区吗？

就在我伫立痴想的当儿，玉兰花瓣仍未停止脱落。树下，铺起了奢华的白毯。瞧她走得多么欣悦！仿佛是欢跳下去的。我想，此刻，如果我叹息，她定会为我的叹息而叹息。在走过一段芬芳的历程之后，她庄严谢幕。我似乎听见她对我说："我苦过、待过、美过、爱过，我的一生，没有缺憾。"

玉兰凋，于我而言，是一个不能忽略的精神事件。有一些艳不可渎的花瓣，直落进了我的生命里……

菊

告诉我，还有谁能像你这般把自己纷繁富丽的思想阐述得如此淋漓酣畅井井有条？

秋的足尖刚一触着这座城市的边缘，敏感的菊们便"哗"的一下全都灿然开放了。

一朵朵撑不住的美丽，一阵阵藏不住的芬芳——菊，你这容颜姣好清丽脱俗的女子！

你的心是在一声欢呼中破碎的。这勇毅的破碎使你拥有了世间最华美的花瓣瀑布。

看啊！看这纷披的丝丝缕缕，看这摇曳的枝枝脉脉。告诉我，还有谁能像你这般把自己纷繁富丽的思想阐述得如此淋漓酣畅井井有条？

杏花嫁给了春风，荷花许配了夏雨，菊，你抱着一个金灿灿的念头始终悄然独坐在凝翠的枝头，你想说什么？你是不是想告诉我说"九月才是最好的，不喧嚣，不肃杀，正是好女孩儿出门的吉日"？

"他年我若为青帝，报与桃花一处开"，是哪个痴愚的人面对着菊花发出了这样的呓语？他哪里知道，菊是羞于争春的；菊也不能从秋风中抽身走开，菊若是走了，该由谁来执笔给季节这本书写跋呢？

菊文笔细腻。菊妙语连珠。

菊有能耐打开所有的心思给你看。如果你还嫌不够，菊就请你摘一个佳句放在唇边。吟哦着这样的佳句，即便是木偶人也会怦然心动的呀！

菊的出现，令整个城市的女人黯然失色。

学着菊的梳妆，我也把头发弄成她那种勾魂摄魄的样子。只是，我少了她的那一份色彩，也少了她的那一份风致——噢，我怎么能奢望凡俗的自己拥有菊的姿容呢？

菊倾城倾国。

菊是九月无与伦比的新娘。

"不是花中偏爱菊，此花开尽更无花。"菊一天天地笑着，一直将她的笑靥延进重重的霜花里。菊是不肯轻易说再见的那种花。她要向每一个粗心的人都打一遍招呼。她的花语娓娓动听。她唤住你是因为她怜爱你，她的锦心中有个声音在说："请再听我的心音吧，漫漫严冬，你的耳朵将不胜寂寞。"

菊呀菊，你这品质优异秀外慧中的女子。如果我走过你的身旁却不曾仔仔细细地端详你，那么我敢说，我生命中失去的将不只是一个凝重而典丽的秋天。

一叶莲，一日妍

这只通体皎白的小小鸟啊，它若啁啾一声，也不会惊吓到我；它若振翅高飞，我定会抚掌目送。

就，一片叶子。

类圆形，自带了个豁口。仿佛有人恶作剧地将完好的叶子对折，剪下了个30度的角。

我拿水仙盆养它。

看它端坐水上，很风致的样子。问它："你如此清贫，何处可孕花朵？"

不几日，莲叶铺得更平展廓大了些，豁口处有了动静，叶下抽出四根细细的茎，每根茎上顶着个米粒大小的花苞，楚楚可怜。

那花苞慢条斯理地膨胀着。几天后，一个稍大花苞的顶部竟吐白了。

寻常的清晨，拉开窗帘，见一直横卧水中的茎，直直地挺起了身；浑圆的白色花苞挣脱了花蒂的束缚，闺帏紧闭，静待出阁。

慌忙将水仙盆捧到写字台上，我要眼睁睁瞧着这一朵迷你的花儿灿然绽放。

9点左右，它悄然开口了。

透过那瓣儿与瓣儿之间的小小缝隙，我费力朝那座神秘宫殿的深处张望。

似乎有一些极细密的白色绒毛相互纠绞着，使花瓣与花瓣之间颇难拆分。忍不住朝它吹了一口气，可那看不见的力依然故我，花瓣间的间隙丝毫不见增大。

嘿，这么丁点儿的一朵小花，也恪守着自我生命的节律。

又过了半个钟头，那五片花瓣微微开成了喇叭状。这下，我清晰地看到了白花瓣上那整齐排列的细密羽毛以及羽毛拱围着的娇黄花蕊。

我兀自笑了，这小东西，竟是在模拟一只鸟！

10点左右，它开到了极盛。

这只毛茸茸的刚出窝的小鸟，骄矜地临水照花。突然明白了那叶子缘何自带豁口，原是为了留出水面，好让这花尽情地欣赏自己水中的倩影啊！

我为它拍了数十张照片，但每一张都不理想。

真沮丧。

这极精致的小花，拒绝起廉价的镜头来，是毫不含糊的。

这只通体皎白的小小鸟啊，它若唧啾一声，也不会惊吓到我；它若振翅高飞，我定会抚掌目送。

过午之后,我的小鸟不精神了。

眼见得那些羽毛一点点塌下去,塌下去。

黄昏时分,我的小鸟义无反顾地飞走了。

那昂然挺立了整整一天的茎,已轰然倒在水中;那娇柔细密的羽毛,仿佛融化了一般,再也难觅芳踪。

恍惚间,我茫然自问:"它,真的来过吗?"

这水中的精灵,追着太阳的脚踪,悄然而来,凛然而去,来不及染尘,来不及感伤,就那么一闪而逝。

一叶莲,一日妍。

丁香何曾怕

千遍呼,万遍唤,春,终于慢腾腾地来了。我的丁香花芽,眼见得一天比一天鼓胀起来。

我一直都糊涂地以为丁香的花芽是在春天里萌出的,直到我学校的生物老师笑着告诉我说我犯了学生常犯的低级错误。她说:"丁香和白杨、玉兰、连翘一样,都是头年秋天落叶时就萌出了花芽,这些花芽要在枝上度过一个漫长的冬季呢!"

于是,我决心陪一个丁香花芽走过漫漫长冬。

我选中了一株距离我办公室一箭之遥的丁香树。我知道那是一株白丁香。有一年,它开花的时候,我曾看到一只小灰蝴蝶朝着它飞,却像遇到了孙悟空用金箍棒画的"避魔圈"一样,它的翅膀徒然扇动,却无论如何都飞不上丁香枝头。我这边厢暗暗替它用力,但是,没有用的。它一次次被一种看不见的力"推"了回来。我纳罕极了,问自己:"莫非,它是被那浓重的香气推开的吗?"这样想着,我对白丁香馥郁的芳香遂生出了一丝敬畏。

2016年12月8日,我为这棵树上的一个丁香花芽拍下了第一张照片。

我没敢告诉那位嘲笑我的生物老师,我还有更低级的错误呢——我常常傻傻分不清花芽与叶芽,还以为它们心情好了就开成花,心情差了就长成叶呢。

有了这张丁香花芽图,我终于彻底搞清了花芽与叶芽的区别,原来,它们在"娘胎"里时就被定了性。

我多么惊奇!12月,第一场雪还在遥远的路上,丁香花已经在一个小小的绿色花苞里探头探脑了!那细密的、绿鱼籽一般挤在一起的小小花蕾,毫不客气地拱破了花苞,仿佛在说:"我们倒是要好好瞧瞧,冬天究竟是何等模样!"

滴水成冰的日子里,我惴惴地去看我的那个丁香花芽。嚯!除了花苞的颜色变深了一点之外,一兜探头探脑的小绿珠依旧精神抖擞。那么娇嫩,却那么扛冻。谁说耐寒的唯有松柏?

丁香何曾怕?丁香何曾怕?丁香何曾怕……我手里捏了一支签字笔,下意识地在一本杂志的封底上写满了这句话。

追踪丁香花芽的日子,我心里揣了一份隐秘的、无可诉人的欢悦。

那一天,兴冲冲地翻查《镜花缘》,问作者李汝珍:"那司丁香花的仙子叫什么来着?"当我终于找到"玉壶冰"钱玉英时,我忍不住笑出了声——我邻家嫂子也叫玉英呢!嘿嘿,那丁香花仙子,竟有个如此烟火气的名儿。

千遍呼,万遍唤,春,终于慢腾腾地来了。我的丁香花芽,眼见得一天比一天鼓胀起来。

2017年3月23日,我看到那些绿珠子已彻底从花苞中脱颖而出。为了这一刻,它们准备了100多天啊!我的舅舅曾告诉我,他养的山茶花,孕蕾期长达半年之久。今天,我多想告诉我远去的舅舅,丁香花的孕蕾期也长达小半年呢。

几个女生围过来看丁香花了。她们叫唤着:"这一树是白的!那一树是紫的!"我思忖着,待丁香花盛开的时日,我该怎样向她们展示我拍的那一组丁香孕蕾图,告诉她们,丁香花,看上去至柔至弱,却有着铁打的魂、钢铸的魄……

李汝珍写道:"天上枝枝,人间树树。曾何春而何秋,亦忘朝而忘暮。"我呆想,若是叫我喜欢的作曲家阿敏给这词谱了曲,一群女生坐在盛开的白丁香树下唱,一定很仙。

附近有薰衣草

不管它藏身何处，它都用无意泄露的香气证明了它的美好的存在。

参加一个培训班，每日步行往返于一条新路。走到一面爬满常春藤的老墙前，闻到了薰衣草的香气。我停下来，四顾寻觅，却不见薰衣草的影子。再一次路过的时候，薰衣草的香气又如期而至。我纳罕极了，暗问常春藤："莫非，你是薰衣草嫁接的？"这样想着，竟忍不住俯身去嗅那常春藤，自然未曾嗅出任何味道。那天中午，新雨过后，薰衣草的味道浓得就像打翻了薰衣草精油，我跟自己说："嗯，这浓郁的气息是多么好的线索！今天，豁出去迟到了，我定要寻到它！"我蹑着脚，绕到那面老墙后面，小贼一样，东瞅瞅，西看看，紫薇、凤凰花、草茉莉都顶着晶莹的雨滴开得正好，可就是寻不见薰衣草的影子。我是怀着绝望的心离开的。整整一个下午，我都在想着薰衣草的事，满腹狐疑，释不开，放不下。就这样，一周的培训时间，二十多次路过，明知道附近有薰衣草，却最终也未能寻到它的所在。

或许，寻到了，就早忘了吧？恰是因为最终也未能寻到，它才会一直勾人魂、摄人魄。

多年前,学校空出来了一小块地,老校长说:"咱们栽些薰衣草吧。"大家都说好。去苗圃选薰衣草苗的时候,我也去了。苗圃老板娘说:"三种薰衣草,一种五角钱一棵,一种一元钱一棵,一种三元钱一棵。你们自己选吧。"我说:"我们当然要便宜的。"老板娘一指那紫花开得最繁盛的植物说:"那就是这种。"我俯身去闻,却没有任何味道。老板娘笑起来:"那么便宜的薰衣草还能有味?"说着,端来一棵顶着可怜的一小簇紫花的植物给我闻。"哇!好香!"我叫起来,"这才是正宗的薰衣草呢。"老板娘说:"这种三元钱一棵。"有个同事开玩笑说:"涂了点香水,身价就高了?"后来我们才知道,那些开着繁盛紫花的植物,一种叫马鞭草,一种叫鼠尾草,它们都是"山寨版"的薰衣草,丝毫也不香。

自打学校栽上那一小片正宗的薰衣草,我才真正认识了这种植物。它香的,不仅是花,还有叶,还有茎——它通体的绒毛上都生有"油腺",轻轻一碰,油腺即破,释出香气。紧邻薰衣草的几个教室的师生反映,整整一个夏天,教室里都没有蚊蝇;美术班的学生在老师的带领下,为薰衣草轰轰烈烈地画了一次写生;只要一落雨,薰衣草就染香了整个校园,让你觉得随便抓一把空气都可以攥出淋漓的香来。但是,薰衣草又是多么娇气的植物呀,旱不得,涝不得,不断有死苗被拔除。干枯的叶子,捻碎了,满掌的香,真真应了那句"零落成泥碾作尘,只有香如故"。怜惜的痛,风吹难散。来补苗的苗圃老板娘奚落我们道:"谁让你们当初非要栽这种薰衣草呢！又贵又难拉扯，总得补苗。你看你们西边那家，栽的都是一元钱一棵的薰衣草，皮实着呢！"可是，"西边那家"栽的薰衣草，它也不"薰衣"呀。

侄女去"薰衣草庄园"游玩，发过来一组照片。满眼紫色，煞是养眼。侄女的许多张照片都是在勾头嗅花，且作陶醉状。我却禁不住对着那照片上的人儿说:"宝贝，别装了，那都是马鞭草，半点都不香！"

那年在苏州十中，听诗人校长柳袁照讲，他的学校绝不允许一棵假花假草存在。他喜欢"玩真的"。的确，玩真的，才真好玩。真的香，真的醉；真的凋，真的痛。

昨天，开车路过那面爬满常春藤的老墙。秋深了，常春藤的叶子变红了，紫薇、凤凰花、草茉莉都隐匿了踪迹。隔了车窗，我仿佛闻到了干枯的薰衣草的芳香。我想，不管它藏身何处，它都用无意泄露的香气证明了它的美好的存在。只要一想到附近有薰衣草，我就六情顿喜，五体俱欢。我一遍遍微笑着告诉自己：它知道你知道它的存在……

绿宠

从生活中得到的知识，不用刻意去记，就刻脑子里了。

跟几个密友去秋游，一个人指着一棵树说："酸枣树！快看看有没有酸枣！"

我"噗"地笑出声来，说："谁告诉你它是酸枣树啊？这应该是一棵小叶女贞，跟酸枣树半点亲戚都攀不上。"

"植物盲"们看我一脸笃定的样子，不得不信服。其中一个对我说："看来你认识酸枣树啊。"

是呢，我怎么能不认识酸枣树呢？

那时，我家住在大城山半山腰，儿子五六岁。

每到休息日，儿子会呼朋引伴在大院里玩，我呢，不断给他和小伙伴们出主意，不是说"走！咱们上山摘酸枣去"，就是说"走！咱们去烟雨湖抓蝌蚪去"，实在没地方去了，就把我养的兔子撒院子里，让孩子们追着玩。

那一年，也就是这个时节，我带儿子和他的小伙伴郑威上山去摘酸枣。酸枣树满身是刺，我们三个人都被扎伤了，但衣兜里满是红的、半红的酸枣，乐翻了天。到了吃晚饭的时候，郑威的妈妈因为找不见儿子，急得满山喊。待到见我们三个狼狈不堪地从山上冲下来，郑威妈妈怒了，她把郑威口袋里的酸枣掏出来，愤愤地扔了一地。我和儿子见状慌忙蹲下帮郑威捡，郑威也顾不得妈妈恼怒不恼怒了，也和我们一起蹲下捡。最后，郑威把劳动成果一粒不少地带回了家。

我想，那天，如果和我们一起秋游的有我儿子和他的小伙伴郑威，他俩也一定不会将小叶女贞错呼为酸枣树——从生活中得到的知识，不用刻意去记，就刻脑子里了。

你可能要问，认识酸枣树有那么重要吗？

那么，在你看来什么最重要呢？报这班那班吗？

说实话，我从没给我儿子报过这班那班，休息日用各种"野玩儿"冲抵学习带给他的压力和郁闷。我始终相信"童年玩不够，长大要补课"，而长大了再玩儿，可就赔大了。另外，身为教育工作者，我明白，对孩子的智力资源进行"掠夺式开发"，只会让他对学习产生深度厌倦和抵触，待他拥有了自由支配的时间，就断不肯用它"做正事"，只会报复性挥霍。

我并没有规定我儿子非读博士不可，是他自己"念书没念够"，考取了布里斯托大学全额奖学金博士。入职后，他又自掏腰包，利用业余时间，先后去和君商学院、长江商学院进修，直到前几天，才拿到了长江商学院的毕业证书。

我不止一次地问自己：如果儿子小时候被我报了这班那班，他都"吃顶了"，今天，他还会主动去报和君商学院、长江商学院这些个"班"吗?

我很庆幸当年没有拿出带孩子去摘酸枣、抓蝌蚪、放风筝的宝贵时间逼着他上这班那班。玩,是儿童最重要的课业;野玩,更是一笔可以随岁月增长的财富。

几年前,我看到美国《国家科学院学报》一项研究结果:"儿童从出生到10岁之内,接触绿色环境的时间越长,成年后患上精神疾病的风险就越小。"

也就是说,童年亲近自然多,长大心理疾病少!

这项研究甚至指出:"校园里有更多的树木,孩子在记忆力、注意力和解决问题的能力方面都要优于校园树木较少的孩子!"

也就是说,要想孩子学习好,校园树木不可少!

另外,有人研究过大约300个不同领域中富有创造力的名人所写的童年回忆录,惊讶地发现,几乎所有人的创造力与想象力都根植于他们早年在大自然中的体验。

这两项研究,无疑为我在大城山带儿子"疯玩"打了个高分,这真令我大喜过望!如果岁月可以倒转,我愿多带我儿子去钻几回山林,让他再多从大自然那里分得一些快乐与智慧。

"绿宠",是一种多么高级的恩宠啊!

不过,亲,就算你信服了这样的理论,就算你的孩子恰处于1—10岁最适合"绿宠"的年龄段,你肯让他扔下课业,奢侈地带他去摘一回酸枣吗?

开在石头上的美丽心花

心思总在一个地方流连,手指总在重复一种舞蹈,石头怎能不拥有丝绸样的灵魂?木头怎能不说出锦绣灿烂的语言?

听一位懂玉的老师讲玉。

他制作了漂亮的电子幻灯片,边轻点鼠标,边娓娓讲解——玉,石之美者。古人将玉道德化,说它具备"五德":润泽以温,仁之方也;鰓理自外,可以知中,义之方也;其声舒扬,专以远闻,智之方也;不桡而折,勇之方也;锐廉而不技,洁之方也……他沉浸在玉温润的光泽里,连声音都有了玉的舒扬。

他把玉讲出了花来!他一边讲,我一边偷眼觑着周围几个颈项上、手腕上戴了玉的女子,觉得她们仿佛登时骄矜地成了美玉的代言人,又觉得古人赞玉、颂玉的雅词丽句仿佛都是写给她们的,甚至不远处一个名字里带"玉"字的女子也惹得我忍不住一眼一眼地频频观瞧,原本姿色平平的她,竟被我瞧出了几分美艳。

老师讲到了玉的沁色,又讲到了玉的包浆。

什么叫"包浆"?

这是听众中发出的一个小心翼翼的询问。

怎么？你连什么叫包浆都不知道吗？老师善意地笑着说，然后沉吟道，包浆嘛，哦，包浆就是包浆了！说完，连他自己都被逗得笑起来。

让我怎么说呢？包浆其实是世间最美丽的一种花朵。我查过《现代汉语词典》，还真没有"包浆"这个词。我先不做解释，先给你们举个例子吧。比如你们家铺的竹凉席，新买来的时候，上面难免有些毛刺，睡在上面，老不踏实的，因为说不定什么时候，它就可能往你肉里扎进一根牛毛般的细刺，而老家用过几十个夏天的凉席，光滑舒适，上面还有了一层光亮的东西，那东西就叫包浆。还有，老农民用了多少年的锄头，把柄上也会形成一层厚实的包浆。——明白了吗？大家不妨再想想看，还有什么东西上可能有包浆呢？

石器上、木器上、瓷器上、草编上、织物上……大家七嘴八舌地说。

老师说，很好，现在你们已经知道什么叫包浆了。我们是不是可以这样定义：一些器物，由于长年累月地被人使用或者厮守触摸，其表层形成的一种滑熟可喜、幽光沉静的蜡质物，这种蜡质物就叫包浆。

老师接着说，包浆承载岁月，见证光阴，铺满了包浆的古玉赏心悦目，温存可人。古人崇尚玉德，又讲究用人气养玉。养玉的过程，称作"盘"。古人又将盘玉分成了三种，即文盘、武盘、意盘。文盘用手摩挲；武盘用刷子刷，用绸子揉；最有趣的是意盘，顾名思义，意盘就是用意念去盘，你不停地想啊想，想它是个什么样子，它果然就成了什么样子……

我们轻轻地笑了。

在这"三盘"里面，我不喜欢武盘，带着一个功利的目的去蹂躏那玉，即便形成了包浆，也一定既不养眼，也不养心。

我也不相信意盘，太荒唐，太玄虚，像气功大师的意念搬砖一样不可信。

我喜欢文盘。

我喜欢想象。很久很久以前，有个人，很神气地佩了一块美玉，也好比是，随身携了一个精神的引领者。闲来无事，就爱用手去触摸亲近它一番。那指纹认得了那玉，那玉也认得了那指纹。手在一块通灵的石头上从容地游移，所有的杂念都被荡涤得一干二净，狂躁、嫉恨、猜疑、焦虑、厌倦、忧悒等不良情绪统统被挡在了心域之外。那一刻，乾坤清朗，花儿开放，玉的精神和人的精神融为一体，难分彼此。

那个比方真好——包浆其实是世间最美丽的一种花朵。爱玉的人，会情不自禁地用爱抚的方式去领悟玉的美德。盘玩的过程，其实是一个"玉我同化"的过程。玉在我手上，我在玉心里。说到底，包浆其实是爱玉者慨然赠予玉石的一朵手感细腻温润的心花。

心思总在一个地方流连，手指总在重复一种舞蹈，石头怎能不拥有丝绸样的灵魂？木头怎能不说出锦绣灿烂的语言？

我愿意倾心去盘一块玉，让包浆成为它惊世的华服；也愿意让那块玉来盘我，让我的爱作别鄙陋与毛糙，开出世间最沉静、最美丽的花朵。

花香拦路

它的香气里，藏着我的少年时光。低头一嗅，光阴折叠，我三步两步就迈进了昨天。

那日黄昏，步行穿过一个小园。眉头上了锁，满腹俗事沸腾。路的尽头，等着我的，依然是一件无趣的事。

突然闻到了紫茉莉的香味，匆遽的脚步倏地慢下来。

满目绿色，寻不见花的踪影。我岂肯甘心令花香撇下？任着性子，潜入小园深处，寻宝般寻起紫茉莉来。

蝉声顿噎。我猜想，蝉在高处俯瞰着我，外凸呆滞的眼睛，警觉地捕捉着树下这个人一举一动。我在心里嗤笑它："典型的防卫过当，根本不是冲你来的！"

寻到了！好大一棵紫茉莉！在蔓草中，一群小花，兀自吹着紫红色的迷你喇叭。我长长吁出一口气，想：几多年不见紫茉莉，依旧这般模样，依旧这般芬芳。

儿时，家中有个小小的后院，外祖母遍植了紫茉莉（冀中人唤它夜来香）。一到夏天，它的香气就缠牢了我。我喜欢它馨雅迷人，喜欢它花开不断，喜欢它五个小花瓣薄薄皱皱楚楚可怜的模样。清楚地记得,那年家里来了个北京亲戚,竟管这花叫"晚饭花"。这奇怪的名字,把我和表姐都逗笑了。现在想来,这名字多亲、多暖!唤它"夜来香",不确切呢。它并不是在真正的夜间开放的。它很会挑,它挑了在晚饭时分开放。它就是要在人间烟火气中安妥自己的那一缕香。

于我而言,紫茉莉,无疑是一种"怀旧花"。它的香气里,藏着我的少年时光。低头一嗅,光阴折叠,我三步两步就迈进了昨天。

这本是个缺乏诗意的黄昏,却因了一缕曾经谙熟的花香,显影了一方旧日时光。我拦住那个在"晚饭花"中笑弯了腰的自己,让她对着今天这个眉头上锁的自己发问:你竟是为了会晤忧烦才走了这么远的吗?你将笑的本领丢在了哪段烟尘飞扬的路上……那个被问的女人或是羞了,谦恭地朝紫茉莉讨要了两颗"小地雷"(花的种子),暗许将它植入心壤。

才知道,奔赴一个无趣的事件,原也可以端出有趣的心情。花香在我鬓边,花籽在我手中。有一种灵魂的雀跃,说来就来。

一朵花,救了我。这话说起来也许不会有人信,但我可以证明,我,确乎是这样被救的。

我有爱花心

从那个园子出来,我预备拿出迎春与连翘那没心没肺的憨笑,接纳世间所有的不完满。

相约去赏花,理由是:去看看花,也让花看看你。

争奈走漏了风声,那个叫"沙尘暴"的厮偏要搅人美事,频繁来袭。于是对姐姐妹妹说,等等吧。

等着的当儿,"赏花服"试穿了一回又一回。讥诮的句子是:"赏个花,恁隆重!竟要统一着盛装!"回敬的句子是:"赏花不盛装,悔断少年肠!"

"腹诽"沙尘暴之余,将一首不出名的唐诗改成了这般模样——

  我有爱花心,
  如饥又如渴。
  辞花才一岁,
  常疑十年别。

将它发给侍弄文字的郁儿,郁儿怒赞"好诗",说是要央人镌刻在檀木上,她一方,我一方。

"十年别"后,花回人间,不应当盛装迓迎吗?

捡了个半晴的日子,去赴花的约会。

三袭红斗篷甫一亮相,无数陌生的"长枪短炮"齐刷刷对准了我们。姐姐大骇,低声道:"快走,这是要上热搜的节奏啊!"

便朝人稀处行。

才发现我们来得不是时候。樱花长吁:"你们来早了。"山桃短叹:"你们来迟了。"满园子没心没肺憨笑的,是迎春与连翘那俩妞。我听见一大蓬迎春用金黄色的声音撩拨道:"来呀,来呀,跟我合个影儿!"妹妹嫌弃地绕开,说:"别搭理那傻花,半点不抬人儿。"

嗯,她说过红斗篷"抬人"。"不抬人"的含义,自可模拟得之。

到处是山桃花瓣。粉白的小蝴蝶,竞相飞到足下来邀宠。最夸张的是树池里,满满一树池的花瓣,鲜润,雅洁,不见半点萎颓,像是谁刚刚摘了精心存放在那里的。我对着那一树池一树池的花瓣说:"不等我们也就罢了,还要'铺作地衣红绉',罔顾惜花人泪流。"

不见"樱花如霰",却看到了铺天盖地的"樱花萌萌哒"。姐姐说:"当年读《牡丹的拒绝》,叹服牡丹的风骨;今天看到'樱花的拒绝',生出对樱花的敬意。你有你的安排,花有花的安排，干吗非要让花顺从你的意志？"

姐姐是哲学家。

薄阴的天，柳的媚被偷走了一半，花儿凋残的凋残，待放的待放，我们却游兴不减。妹妹说："在一起，就美丽。"

从那个园子出来，我预备拿出迎春与连翘那没心没肺的憨笑，接纳世间所有的不完满。

会晤梨花

怕鲁莽的亲昵会惊飞一个真实的梦境,怕在触到了那一份娇美之后我的心会背叛长长的道路,执意留下来做梨花温存的佳侣。

  不见梨花已整整十载。十载的风尘烟雾锁断了我与梨花的脉脉深情,那一片灿烂芬芳的记忆已渐渐流于苍白凄清。我的眼睛黯了,情思钝了。数千回的潮涨潮落,数万回的云卷云舒,我独坐在远离梨花的平庸的日子里,再也难以读懂10年前写给梨花的那些精彩绝伦的诗篇……

  当我在春日里踏上冀中大地,满眼圣洁如初的梨花一下子惊呆了我枯涩的双眸。

  真的不能容忍在天各一方的那些春天,梨花岁岁年年都在为有眼福的人们呈送着这么一份与我无缘的美丽,不能容忍几千个日子里竟没有一缕多情的花魂进驻我清贫的梦乡。如果我的脚步再匆遽一些,如果我的心儿再迟疑片刻,我都极可能又错过今春梨花摆出的盛筵了——告诉我,假如真是这样,那我含在眼中的这滴热泪究竟该抛洒何方?

  这支笔是不是曾经曲解过美丽?它把善于粉饰的桃花引为知

己，还把结着幽怨的丁香唤作至爱。这么多年，它在梨花之外滔滔讲述着一个又一个艳俗无聊的故事，它不懂得羞赧，因为它太无知。然而今天，当它猝不及防地撞上梨花素雅真纯的心绪时，它禁不住慌乱起来，怯懦起来。它以丝质的语言经纬小心翼翼地编结着一个个精美无瑕的句子，生怕一时的疏忽会铸成一世的遗憾。它是那么那么的不自信，可它又实在忍不住要亲自用足尖试一试爱的浅深……

欲望的手抬了又抬，终于还是没有触摸那扑进襟袖之间的片片皎白。我怕啊——怕鲁莽的亲昵会惊飞一个真实的梦境，怕在触到了那一份娇美之后我的心会背叛长长的道路，执意留下来做梨花温存的佳侣。就让我用痴迷的目光吻一下你高洁的花瓣吧！就让我用轻柔的发丝掠一下你细嫩的花蕊吧！不要给我太多的爱抚与允诺，因为我是个痴心而又贪心的女子，过于厚重的情爱会鼓动我扮演极不可爱的角色——这话你信吗？

让我笑得甜一些再甜一些。让阳光在这一刻穿透我不留阴影的心事。让这瞬间的美妙定格成一种永不凋谢的永恒！

啊！那个举着相机痴痴地追随一段段醉人华章的人是我；那个拎着裙裾俯身穿过莹洁静美的诗行的人是我。在顺利地剔除了心灵的尘埃之后，在成功地洗尽了笔端的铅华之后，我微笑着告诉自己：挥一挥衣袖，别带走一瓣梦的云裳，只要拥有一份"高保真"的记忆，这颗心就得到了足够美化一生、滋补一生的营养……

会晤梨花，是我值得张扬天下的经历。

心中有棵"向月葵"

我神秘的气息，在月华如水的夜晚氤氲传递。

看到这样一幅漫画：夜深，月明。月下的向日葵们都已眠去——追随了一整天的太阳，此刻定然是困倦了。但是，有一棵非凡的向日葵，却独自醒着，且举头向月，硕大的花盘塞满幸福饱满的心思。一个和我共同赏画的名唤薇的女孩，脱口叫道："瞧这一棵向月葵！"我愣了一下神，心中涌起一股热流，瞬间淹没了这棵慧心的植物和这个慧心的女孩。

我问自己：在我的心壤之上，是否也植有这样一棵弥足珍惜的"向月葵"？

是一点痴顽。那么多人都去挤一扇宽门，因为谁都看出了那里是更易于通过的。但是，就让一扇窄门留住我，就让我坚信这里其实是更易于我通过的。我被窄门长久冷落，像那棵徒然热情地追随月亮却吸收不到充分营养的傻傻的葵花一样，可，这并不妨碍我笑，并不妨碍我一点点预支着通过的幸福，滋养我原已丰腴的心灵。

是一份隐情。阳光下的表达无疑是炽烈有效的。我拟想过太多诗一般的台词，也曾企图通过琅琅的吟诵使你瞬息洞穿我花房一般繁丽的心事。然而我始终缄口，听任那些浪漫的词语内化成我生命本质的芳香。我神秘的气息，在月华如水的夜晚氤氲传递。我无眠，是因为我的爱永不嗜睡。在世界之外重新缔造一个世界，我遣一个比"向月葵"更为敏感痴情的女子住进去，直到住成美丽的女神。

是一个错爱。一开始就爱错了。爱就爱了，错就错了。最害怕那种"觉今是而昨非"的感觉，最害怕用今天的聪明去痛苦地订正昨天的错误。追随过谬误是让人痛悔的，伪真理永远不值得捍卫。但是，如果你是错爱了一颗星辰，错爱了一块土地，错爱了一段时光，错爱了一项事业，何妨将错就错？付出时是真诚的，你要收回自己的爱，最先被打翻的定是自己当初的判断力。你能不能使自己相信，假如"向月葵"坚守自己的错爱，月亮的心也能够燃烧。

…………

试一试，在你寂寞的心中种一棵超逸灵动的"向月葵"！夜深之时，月明之日，当平庸的向日葵们开始步入平庸的梦乡，让你的和我的"向月葵"悄悄举起塞满幸福饱满心思的硕大花盘，在月光深情的抚弄下，开始喁喁私语。

第三辑

来自田野的疗愈师

有那么一些人，远离了泥土，
却不肯割断与泥土的关联；
特别是，当无辜的生命一次次遭碾压、被辜负，他们
遥望着回不去的故乡，用乡音一遍遍自呼乳名，泪下
沾襟……便有人摸着他们的脉，
为他们量身定制了这些别致的"插花"。

满目青绿，一揽入怀

怀一半匠心，怀一半诗心，立志做个"本手王"，那样，妙手或可偶得。

第一次接触"运斤成风"这个成语，我惊呆了。一个人在鼻子上抹了一点白土，另一个人举起斧子朝那土砍去，结果，土被砍掉了，鼻子毫无损伤——这个持斧人，有一双"鬼手"。

后来，我在书页上结识了一些被唤作"陈妙手""王妙手"的医者，也结识了一些被唤作"赵金手""李金手"的弈者。他们或有回春之力，或有回天之功，煞是惹人艳羡。

稍大一点的时候，我迷恋上了绣花。也曾在"七夕"虔心乞巧，祈求自己有一双"绣成安向春园里，引得黄莺下柳条"的巧手。

鬼手、妙手、金手、巧手，都是芸芸众生求之不得的。我一度相信，这些手，都被上帝深情吻过，指纹里藏着永不失落的好运。

我是从什么时候开始不再怀有被上帝一吻手指的热望了呢？我说不清。总之是伴随着成长，我蜕壳般蜕掉了那些不切实际的幻想。

而真正让我放下对"妙手"执念的,则是读刘红女士的书《通盘无妙手》。

一个被生活虐待过也善待过的人,突然就对书中"善弈者通盘无妙手,善战者无赫赫之功,善医者无煌煌之名"心领神会了。

刘红女士是一位资深私募基金经理。我是因为购买她主持的基金而顺藤摸瓜读起她的书来的。

她深入分析了"小白"理财者普遍存在的投机心理——带着"玩玩"的心思购买基金,梦想撞到牛市,日进斗金,于是一路追涨杀跌,最终难免血雨腥风;正确的理财路径是"做得大不如做得久"。投资,更多的是人性博弈,而"丰赡人生"除却躬行"点万两金、读万卷书、悟万条理、行万里路",别无他途。

通盘无妙手,日进一点金。这显然是远远超越了投资范畴的人生忠告。

但是,在我们身边有太多"终南捷径"的信徒,这些人偏不信"通盘无妙手"的邪!他们不约而同患上了"一夜暴富臆想症""一战成名臆想症""一步登天臆想症"……他们不知道,"捷径"其实是离"劫境"最近的一个词,所有的耍心机、斗心眼、抖机灵、抄近道、欺大天、贪大功、撞大运、拜大神,都可能使自己坠入万劫不复的深渊。

怀一半匠心,怀一半诗心,立志做个"本手王",那样,妙手或可偶得。

胡适在北大演讲时，曾睿智地将"福不唐捐"改为"功不唐捐"。是的，没有一点努力会白白丢掉的。怕什么通盘无妙手？扎实走好人生路就是最高妙的"妙手"！

近年越来越喜欢布袋和尚的这首《插秧诗》了："手把青秧插满田，低头便见水中天。六根清净方为道，退步原来是向前。"

水中可觅天，退步是向前。唯有真正的"妙手"，方可将这人间满目青绿，一揽入怀……

带走你林间一缕清风

它若有知，定然切望留在这"万树成荫，乌鸦不栖；百草丛生，绝无蛇迹"的神异土地，直至成泥，成尘，成烟。

人间的冬天，我穿了羽绒服，出"阙里宾舍"，步行去看你。

冬阳照着，路旁一个挨一个的煎饼铺飘出各异的香气。和我同行的人可真多啊！那些外国友人，举着相机不停地拍啊拍；一个裸着美腿的金发女郎，躬身站在马路的隔离栏前，认真地跟着导游念那铸在上面的汉字："礼、乐、射、御、书、数。"——尾音里是浓重的鲁腔。我笑了一下，竟也学着那调子饶有兴味地大声念了一遍。一想到你当年就是用这样的调子说着"六艺"，我心里充溢着亲切的感动。

路过一间小店，店名居然就叫"不知"。这显然是从你跟子路那段著名的对话中借过来的。于是，陡然生出对这间小店的好感，走进去，向所有货物投去温柔的目光。

邂逅一个宣传牌，上面印有你说的话，居然就是我第一次走上讲台写的第一行板书呢！——我聆听着你，又让孩子们通过聆听我而聆听你。那金石般的遗响,穿过历史的烟尘,直抵我的耳鼓。心中回响着那些敦厚澄澈的语言的时候,乾坤明净,江河屏息,浮躁的灵魂遁入一个温暖的巢窠,被抚慰的温煦与被点化的洞明登时让愚蒙的生命变得鲜亮起来,颖慧起来。

好沧桑遒劲的两行古柏啊!我选了最壮硕的一棵,张开双臂去搂抱它,竟然抱不过来呢!一对情侣见我徒劳地欲要拥树入怀,热心地跑过来,与我合抱了那棵侧柏。——你让走向你的陌路人彼此感到亲近热络。

过了那一道暗红色的拱门,万树入眼。那些落叶的不落叶的"异树"雍容伟岸地站立着,站成一道道兼具哲思与诗韵的大美风景。

好风吹向我。走在落叶厚厚的黄毯上,默诵着你不朽的教诲,内心挤满了难以言表的欢悦。俯身拣起一枚漂亮的柘树叶子,想,若是将它制成书签,夹在案头那部《论语》中,该多么惹人陶醉呀!

擎着那片叶子,绕过"子贡手植楷",拜谒"沂国述圣公墓"和"泗水侯墓",你的墓就在眼前了。

这么朴素,这掩映在树木中的被青黄的草覆盖着的一个土丘啊!——就是"丘"了。你生于"尼丘",取名为"丘",死后归"丘"。你的形象高过了世间那么多的高山,你被后世那么多的人仰止,却只肯称"丘"——你是一个多么谦卑的人!

你的灵魂，依然安栖在这里吗？

我是一名教师，忐忑地将自己看成是你千载而下的同行。我喜欢你和你弟子之间建立起来的典雅而亲近的关系。你几乎什么都可以跟你亲爱的弟子们谈论：大到君子之德，小到鸟兽草木之名。真喜欢你的圣心俗好——在春天的大好时光里，约几个像春天般生动鲜润的青少年，一起到沂水里洗个澡，在舞雩台上吹吹风，唱着歌儿回家……

在太多的学校里，我听见太多的学生在齐声背诵着"子曰……"，你丰沛的思想浸润着一茬又一茬"求德若渴"的心灵。就在几天前，在杭州C中学你的塑像前，我惊讶地发现了一个大红苹果！我问校长："这是谁献的呢？"校长搔搔头，笑着说："可能是学生，也可能是老师，老师的'嫌疑'大些吧。"无端地，竟特别喜欢他这种缺乏依据的猜度。我们的虔敬之心，是怎么表达都不为过的呀！

给迷途者一个方向让他飞翔，给饥馑者一席珍馐让他宴享。你慷慨地开掘出了一眼智慧泉，任甘洌的泉水汩汩喷涌，千秋万代，滋润众生。

挥别的时候，我将那片一直擎在手中的柘树叶郑重地归还了"至圣林"——我不忍独享了它，我不能独享了它。它若有知，定然切望留在这"万树成荫，乌鸦不栖；百草丛生，绝无蛇迹"的神异土地，直至成泥，成尘，成烟。

就让我带走你林间的一缕清风吧——日日拂我之浊心,夜夜拂我之俗念,在寒冬里给我以春天的气息,在迷惘中给我以热切的召唤,让我在天地之间从容走出一个亦丰亦简的不乏光泽的人生……

创造月亮

给月亮一个升起的理由,给自己一个快乐的机缘,揣着月朗月润的心情,走在生命绝佳的风景里。

    唐传奇当中,有这么三个小故事,叫作《纸月》《取月》《留月》。"纸月"的故事是讲有一个人,能够剪个纸的月亮照明;"取月"是说另一个人,能够把月亮拿下来放在自己怀里,没有月亮的时候照亮;至于"留月",是说第三个人,他把月亮放在自己的篮子里边,黑天的时候拿出来照亮。我被这样的故事折服了。

    自然惊叹古人想得奇,想得妙,将一个围绕地球运行的冷冰冰的卫星想成了自我的襟袖之物;更加慨叹那不知名的作者"创造月亮"的非凡立意。由不得想,能够做出如许想象的心,定然无比的澄澈清明。那神异的心壤,承接了一寸月辉,即可生出一万个月亮。

    叩问自己的心:你是不是经常犯"月亮缺乏症"?晦朔的日子,天上的月亮隐匿了,心中的月亮遂也跟着消亡。没有月亮的时候,光阴在身上过,竟有了鞭笞般的痛感。"不是我在过日子,而是日子在过我。"我沮丧地对朋友说。回忆着自己走在银辉中的模样，是那样的诗意盎然，但今天的手却是绝难伸进昨天——我够不着浴着清辉的自己。这座城市里有一个冷饮馆，叫"避风塘"。我路过了它，却又踅回来，钻进去消磨掉了一个寂寥的下午。赚去我这整个下午的，是它的一句广告词："一个可以……发呆的地方。"灰暗的心，不发呆又能怎样？

我常常想，苦的东西每每被我们的口拒绝，苦口的药，也聪明地穿起讨好人的糖衣服。苦，攻不破我们的嘴，便来攻我们的心了。而我们的心，是那样容易失守。苦在我们的心里奔突，如鱼得水。可以诉人的苦少而又少，难以诉人、羞于诉人的苦多而又多。忧与隐忧不由分说地抢占了我们的眉头和心头。夜来，只有枕头知道怀揣了心事的人是怎样的辗转难眠。世界陡然缩小，小到只剩下了你和你的烦恼。白天被忽略的痛，此刻被无限放大，心淹在苦海里，无可逃遁。这时候，月亮在哪里？天空没有月亮，心空呢？

想没想过，剪个纸的月亮给自己照明？

<u>创造一个月亮，其实是创造一种心情。痛苦来袭，我们习惯浩叹，习惯呼救，我们不知道，其实自我的救赎往往来得更为便捷，更为有效。</u>唐山大地震的时候，有个女孩掩埋在废墟下达8天之久，在那难熬的日日夜夜里，她不停地唱着一段段的"样板戏"，开始是高声唱，后来是低声唱，最后是心里唱。她终于幸存下来。她不就是那个剪个纸月亮给自己照明的人吗？劝慰着

自己，鼓励着自己，向自己借光，偎在自己的怀里取暖。这样的人，上帝也会殷勤地赶来成全。

人的生命历程，说到底是心理历程。善于生活的人，定然有能力剪除心中的阴翳，不叫它滋生，不叫它蔓延，给月亮一个升起的理由，给自己一个快乐的机缘，揣着月朗风清的心情，走在生命绝佳的风景里。

来自田野的疗愈师

买了棉花的人不为御寒,买了柿子的人不为解馋,买了玉米的人不为爆米花。他们买回家的是秋,是美,是乡愁。

我曾在一家花店看到店主卖一棵棉花——整棵的棉花,吐着花朵状棉絮的那种。叶子被打光了,植株上疏密有致地点缀着十几朵白白胖胖的棉花,诱得我恨不得义务给摘干净。

低头瞄一眼价签,乖乖!29元!我舅舅家的棉花要是都这样卖,可就值老钱啦!

因我是那家花店的常客,跟店主说话颇随便,我逗她:"你这是从哪块地里偷来了一棵棉花呀?"她大笑:"姐姐你倒是去偷一棵试试!这是我进的货呀,总共进了三棵,卖了两棵,还剩一棵。姐姐要是想要,优惠!"我说:"我不想要,我只是想帮你摘了这棉花。"

我一直在想,买走那两棵棉花的究竟是什么人呢?他们是不是如我一般儿时进过棉田、摘过棉花?他们在不长棉花的水泥城市看到一棵本真的棉花,心头一热,遂慷慨解囊,邀请那棵棉花住进装潢讲究的客厅,思乡病因而被部分治愈。

今天路过一家开业不久的花店，隔着窗玻璃，眼睛被一瓶特别的插花牵引，立马摁下赶路的心，毅然拐进花店。

哇，我看到了怎样一瓶"插花"！

我若是跟店主熟稔，一定会打趣地问她："喂，你这是从谁家的柿子树上砍了这么一大根树枝呀？"

找不见价签，便向店主询价。店主热情奔放答曰："它叫柿柿（事事）如意，仅售88元哦！"

我说："嗯，不贵。"

我为这枝柿子拍了照，发给了表弟——他家院子里有一棵大柿子树。我说："柿子别摘！一枝一枝地砍着卖，这样一枝可卖88块钱！"

再看柿子的隔壁，大花瓶里插的货更出人意料——居然插了一株玉米！

成熟的、紫水晶般的、半裸的玉米，骄傲地跟蝴蝶兰比肩挺立，比所有的花都打眼！

问玉米售价，店主复热情奔放答曰："它叫紫气东来，仅售58元哦！"

好奇心促使我在花店逗留了许久，我太想亲眼看看会是什么人扛走这棵金贵的"紫气东来"。

没有人扛走它。

但迟早会有人扛走它，我相信。

我对棉花、柿子、玉米的高身价，竟毫无脾气。真奇怪。

城里人太会玩了——棉花整棵地卖，柿子整枝地卖，玉米整株地卖。只是，买了棉花的人不为御寒，买了柿子的人不为解馋，买了玉米的人不为爆米花。他们买回家的是秋，是美，是乡愁。

有那么一些人，远离了泥土，却不肯割断与泥土的关联；特别是，当无辜的生命一次次遭碾压、被辜负，他们遥望着回不去的故乡，用乡音一遍遍自呼乳名，泪下沾襟……便有人摸着他们的脉，为他们量身定制了这些别致的"插花"。

就算我的房间住进它们很违和，也不妨碍我祝福它们早日寻到那虚位以待的人家，不妨碍我借助想象将自己送至那插了棉花、柿子、玉米的陌生厅堂，真诚地对来自田野的它们说："亲爱的，你的疗愈效果，定能胜过一打疗愈师……"

天地之间的散步

有许多景致是要慢下来方可嵌入心怀的。距离近了，端详得久了，大自然就有了丰富的表情。

据说，上帝要教训一个浮躁的人，于是就让那人牵着一只蜗牛去散步。蜗牛行走得太慢了，那人急得连喊带叫，但是，蜗牛依然故我，背着它的小房子一点一点往前挪。那人眼望苍天，问上帝为什么用这样的法子来惩罚自己。上帝没有回答。那人于是放弃了蜗牛，听任它自己爬走。可是等等，看那蜗牛前去的地方，似乎是很不寻常的所在呢！那个人跟在蜗牛后面，顺着那敏感触角所指的方向看去，哇，竟是一片奇丽的花海！直到这时，那人才恍然明白，原来，煞费苦心的上帝是让蜗牛带他去散步啊！

鸟在天上散步，鱼在水里散步，风在梢头散步，人呢，在天地之间散步。

我必须承认，自己先前并不会散步。一上路，就要大步流星地往前赶。"你头顶的云彩有阵雨？"最要好的女友曾这样问我。我不清楚她是在用这样的话嘲笑我走得太快，却傻傻地反问她：

"你怎么知道？"

后来，也许是被一只无形的蜗牛教化过了吧，我学会了散步。头顶一方青天，脚踏一片大地，我在天地之间从容行走。

这才明白，有许多景致是要慢下来方可嵌入心怀的。距离近了，端详得久了，大自然就有了丰富的表情。蕊在花中是羞涩的，叶在枝头是狂野的；草丛中的虫鸣因隐秘而放纵，大树上的蝉声随着你足音的强弱及时调整着声调的高低。一只蜻蜓飞来了，张狂地在你的眼前做飞行表演，你一伸手，指尖触到了那透明的翼，双方都吃了一惊，不待你反应过来，那精灵早飞到了天外。你高兴了，唱了一句歌儿，突然发现四周的虫鸣一齐熄灭了！你兀自笑起来。你不认为它们是被吓得缄了口，却模拟着虫们的口吻说："谁给你免费伴奏？哼，清唱去吧你！"

在天地之间散步，其实是在天地之间散心。把心里的爱一路倾洒，让枝枝蔓蔓花花草草都沾一点爱液；也听清大自然的耳语，让它对孩子的纵宠不要白费不要落空。

生活永远做不成蜗牛，不会慢悠悠地带着我们行走。生活更像一条鞭子，奋力抽打着我们这些陀螺。我们用旋转释放生命，也用旋转打发生命。在这样的辛苦旋转中，别忘了创造一只蜗牛，让它偶尔带着你去散一回步。请你模仿着它的步态与它的心态，在天地之间从容行走，走进一片不该错过的奇丽花海⋯⋯

童心不凋

孩子有通透的童心，青年有鲁莽的童心，老人有青翠的童心，连老天都有玲珑的童心！

下雪了，世界一片白。站在五楼的窗前，看见一个孩子奋力挣脱了父亲的手，在雪地上恣意撒欢；年轻的父亲急了，弯腰抓起了什么，冲孩子劈头盖脸打过去。我一惊，在心底叱骂着那父亲的鲁莽。但是等等，看那父亲的扬手处，散落的居然是一道雪粉！我舒了一口气，不由得跟着楼下的父子哈哈大笑起来。我想，老天也有童心呢，他把淋淋的雨团成了玉、雕成了花，抛撒到了人间，逗弄得所有童心未泯的人都想跑到雪地上去有所作为，也好以自己的童心去酬和老天的童心。

想起一个女孩，在院子里堆了一个雪人。妈妈给女孩洗了头，又用电吹风吹干了女孩的头发。女孩觉得那热风吹拂的感觉煞是舒服，便央求妈妈也去给雪人吹一吹。妈妈说，雪人是不能用电吹风来吹的。女孩不信，执意要让妈妈去吹。妈妈拗不过女儿，只好举着电吹风去为雪人吹"头发"。结果你一定猜到了。雪人被吹融了。女孩大哭起来。而我，在这个故事之外开心地笑。

也是一个雪后的日子。我坐在车里，看到路上有不少汽车披着厚厚的雪衣在跑。我跟司机说："这些车，没有'卧室'，又碰上个懒司机，披着一身雪，让人看上去怪冷的。"但是，有一辆红色的车，精神抖擞地超过了我们。我和司机一同叫了起来——因为，那辆车的顶上覆着厚厚的雪，而雪上居然密密麻麻地插满了青枝绿叶的枝条！很快我就发现，整条街上的人都在看着这辆车大笑。我跟司机说："快，追上它，看是什么人这么有创意？"我们追上了那辆车。我看见开车的竟是一位花甲老人，而他的身边，坐着一位盛装老太。

我不知道你是不是如我一样，会在这样的故事面前羞惭起来？孩子有通透的童心，青年有鲁莽的童心，老人有青翠的童心，连老天都有玲珑的童心！叩问灵魂，我们的童心是否已凋败？

"六一"是童心的节日。在2003年6月1日那天，我做了一件在别人看来不可思议的事情，那就是，给一位退休老人发了一条短信——"找个理由祝福你，快快乐乐过六一"。而那个领受了我的这番美意的老人居然立刻回复短信说："哇，本超龄儿童，巨幸福！"

说真的，我不喜欢那些太懂事的"小大人"，更不欣赏那些冷面铁心、宠辱不惊、凝重沉郁、深藏不露的所谓"很成熟"的人。我喜欢像孩子的孩子，我欣赏像孩子的大人。我一直深信，那些看到美好的事物不懂得欢呼的人，看到丑恶的事物也定然不懂得愤慨。那把叫作"麻木"的刀子，每天苦心寻觅着成熟的心灵，它的事业，就是剥蚀你的童心，让你彻底排斥为雪人吹"头发"，彻底排斥在车顶的积雪上"种树"。当你面对童心铸成的美丽错误连笑都无力往脸上支付的时候，它便已大功告成。

下雪的日子，老天也在提醒你重拾失落的童心。你愿不愿意陪着自己走到户外，孩子般，到雪地上去撒点野？

虫唱

大自然的声音最是慰人——慰被生计压得丢了从容、丢了睡眠的悲苦人，慰漫漫寒冬中耳朵寂寞得结了蛛网的寒苦人。

去药店的路上，与一个卖蝈蝈的汉子擦肩而过。

毒日头下，他挑着两座闹嚷嚷的山，引得路上几个小孩子拽着大人朝他跑。我本无心购买他的货物，却倏然想起了一个怪怪的名字——"驴驹儿"，兀自笑出了声。"驴驹儿"，是我冀中老家对蝈蝈的一种叫法，那么玲珑翠嫩的一种小虫，却有这么一个憨傻笨重的名字，真不知那最初的命名者究竟是咋想的。就在这么瞎琢磨的当儿，早甦回身，欣然掏钱买了一头"驴驹儿"。

捧着药与虫回到家时，丈夫急了，拧着眉头说："我说你是咋想的？买的是安神助眠的药，又生怕自己睡得好，整个叫虫儿来搅乱！"

是呢，我咋就没有意识到手上这两样东西原是"打架"的呢？

那只蝈蝈是个饶舌的东西，"唧唧唧唧"地在阳台上叫个不停。入夜，以为它会小憩，然而不然，竟愈加勤勉地大叫起来。

我不知自己是在何时睡着的，半睡半醒间，感觉耳畔有琴声，不及细听，又沉沉睡去。醒来时，天已大亮，蝈蝈正兴致勃勃地自说自话。

我居然是不怕蝈蝈搅扰的！

接下来的几天，更加证实了我的这一结论。我停了药，睡眠却不再薄脆如瓷，一碰就碎。

才明白，其实，暗夜里，我最惧怕的原是被我心中的虫子啮噬。那不会鸣唱的丑陋的蚕，不声不响地啃光了我一枚枚黑甜的桑叶……

闲下来时，仔细端详这只可爱的虫子，发现它真的有一点像"驴驹儿"呢！首先是头脸，不就是"具体而微"的一个小驴子嘛；再看那短短的翼翅，多像驴子身上架了一副鞍子；而最相似的，大概是它们恣意的叫声了吧？它们都属于用撒欢式的高叫表达生命感觉的动物，不屑缄口，不屑低语。

记得曾带学生做过一段文言文练习，其中谈到怀揣蝈蝈越冬之妙："偶于稠人广座之中，清韵自胸前突出，非同四壁蛩声助人叹息，而悠然自得之甚。"许多同学读到这里都笑了起来。我也忍不住笑了。揣想着在那没有"随身听"的年代，那长衫的男子以"胸前"一声"清韵"引来众人艳羡眼光时的得意神情，不由你不笑。

大自然的声音最是慰人——慰被生计压得丢了从容、丢了睡眠的悲苦人，慰漫漫寒冬中耳朵寂寞得结了蛛网的寒苦人。

班得瑞轻音乐之所以获得那么多的拥趸，不就是因为他们聪明地在音乐中揉进了太多阿尔卑斯山中自在的鸟鸣虫唱、风声水声吗？我，我们，跟着奥利弗·史瓦兹静静地倾听，在《云海》中飞身云海，在《仙境》中步入仙境。

一个哲人走进深秋的草丛，他厌恨虫子们毫无理性的浅薄鸣唱，告诫它们道："明天就将有一场霜扼断你们的歌声！"虫子们回答说："正因为这样我们才拼命歌唱！"

我喜欢虫子们的态度。我喜欢我的"驴驹儿"日夜勤勉地叫个不停。当我手捧费尽千辛万苦从郊外采来的两朵娇黄的丝瓜花送给你做点心时，我小小的、有着滑稽绰号的歌唱家，愿你能体察到我对你以及我们永恒故园的挚爱……

来自蝴蝶的一个吻触

我禁不住一声惊呼,站定了,眼和心遂被那只倏忽飞走的蝴蝶牵引,在花海中载沉载浮……

你怎么也不会想到,来自蝴蝶的一个吻触是怎样的美丽和神奇。

这是个寻常的午后,满眼是闹嚷嚷的花,我独在花间小径上穿行,猝不及防地,一只蝴蝶在颊上点了一个吻触。我禁不住一声惊呼,站定了,眼和心遂被那只倏忽飞走的蝴蝶牵引,在花海中载沉载浮……良久,我发现自己的身子竟可笑地朝向着蝴蝶翩飞的方向倾斜——不用说,这是个期待的姿势,这个姿势暴露了这颗心正天真地巴望着刚才的一幕重放!

用心回味着那转瞬即逝的一个吻触,拿手指肚去抚摩被蝴蝶轻触过的皮肤。那一刻,心头掠过了太多诗意的揣想——在我之前,这只蝴蝶曾吻过哪朵花儿的哪茎芳蕊?在我之后,这只蝴蝶又将去吻哪条溪流的哪朵浪花?而在芳蕊和浪花之间,我是不是一个不容省略的存在?这样想着,整个人顿然变得鲜丽起来,通透起来。

生活中有那么多粗糙的事件，那么多粗糙的事件每日不由分说地强行介入我的生活。它们无一例外地被"重要"命名了，拼命要在我的心中镌刻下自己的印痕，可不知为什么，我却越来越麻木，越来越善于忽视和淡忘那些所谓的"重要"事件。炸雷在头上滚过，我忘记了掩耳，也忘记了惊骇；倒是一声花落的微响，入耳动心，让人莫名惊悸。那么多经历的事每每赶来提醒我说那都曾是被我亲自经历的，我慌忙地撒下一个网，却无论如何也打捞不起它们的踪影了。

今天，来自蝴蝶的一个吻触，是这样深深打动了我的心，且给了我深刻铭记的理由。微小的生命，更加微小的一个吻。仿佛，尘世间什么都不曾发生，但又分明有什么东西被撞击出了金石般的轰响。倏然想到李白笔下的"霜钟"——一口钟，兀自悬空，无人来敲，它抱着动听的声响，缄默着走进深秋；夜来，有霜飞至，轻灵的霜针一枚枚投向钟体，它于是忍不住鸣响起来，响彻山谷，响彻云霄。想来，世间最细腻、最别致的敲击与世间最细腻、最别致的吻触，大约都是最能拨动人心弦的东西吧？沧海当前，却以一粟为大。脑子里放置着一个有趣的筛子——网眼之下，是石块，是瓦砾；网眼之上，是碎屑，是尘沙。

好，就让我窨藏了这个寻常的午后吧！就让那来自蝴蝶的一个吻触沉进最深最醇的芳香里，等待着一双幸福的手在一个美丽的黄昏启封一段醉人的往事……

今天天鹅不想飞

那么，我想，上帝一定会微笑着，准许它们散步。

和朋友一道去"鸟语林"，很晚了才回家。先生问，今天玩得开不开心？回答说，也开心，也不开心。先生细问原委，便告诉他说，开心，是因为看到了鹦鹉在游客高举着人民币的手臂森林中聪明地认出并叼走了仅有的一张百元大钞，还看到了饲养员指挥着一群灰鹤跟着《东风破》的节拍翩然起舞；不开心，是因为所有的天鹅全都"罢飞"了，任凭怎样用树枝轰、用食物逗，它们就是不飞！不飞！哼！

先生笑了。说谁规定的天鹅一定飞给你看呀？它们有选择不飞的权利。别总是以自我为中心，觉得飞鸟游鱼一定得按照你欢喜的样子表演给你看。鹦鹉叼百元大钞的时候，你很开心，可它未必开心；灰鹤被迫跳《东风破》的时候，你很开心，可它未必开心。只有天鹅，它选择了一个开心，你却因此而不开心。上帝创造他的花园的时候，原是想让万物都成为中心的——一个生命，按照自己的意愿开心地活着，并且和其他生命发生着美好的联络。可骄傲的人类，却违背了上帝的意志，错以为世界仅有自己这一个中心,他要花以自己喜欢的姿态开放,他要果以自己喜欢的样子生长,他要鱼省略掉必要的生命环节,他要鸟按着他的吆喝声飞起或降落……他想指挥一切生灵,他想让所有的生命都来讨好他、取悦他。你记着,世界被扭曲的时候,人类也已畸形。

听着先生的说教,我那被天鹅惹恼了的心渐渐平复下来。其实,在我内心深处,还有一个更卑污的念头,是我羞于对先生明言的——今天去"鸟语林"聆听鸟语,原本是我提议的。当初有人反对,我以"我曾在鸟语林目击了天鹅飞"为由说服了反对者。大家于是跟了过来。天鹅不飞,我便感觉甚失面子。我带着一份可耻的羞恼,背着饲养员去轰那些不争气的天鹅,但是,它们硬是抗议般地鸣叫着,弃我而去。

坦白地讲,我的火气其实并不仅仅来源于气恨天鹅的不懂得阿顺或献媚,我的火气更来源于自己骄横的虚荣心。我不允许在我郑重"预告"了天鹅飞之后天鹅却集体"罢飞"。天鹅飞起来是美丽的,我很愿意说自己本是希望和朋友分享这美丽的;可在那焦灼的一刻,我甚至宁肯天鹅为我们表演世间最丑陋的飞翔——只要它肯飞,只要它肯遵从着我的意志"Show(展示)"给我的朋友们看。

没有去想,天鹅们是否也有个约定,它们打算利用今天的时间回忆飞、总结飞、设计飞、拟想飞……

今天天鹅不想飞,那么,我想,上帝一定会微笑着,准许它们散步。

看不见的鸟

窗外,有一棵漂亮的大树,树上有一只隐蔽得很好的鸟,那鸟用悦耳的叫声为女人在春天之外又缔造了一个春天……

春天了,我办公室外面高大的塔松披了一身嫩绿的松针,给暗绿的老松针一衬,那颜色鲜亮得直逼你的眼。我站在窗前,忆起它遭雪压霜欺的时光,不由得在心里为它喝了一声彩,伸展双臂,在意念上拥抱了它。

爱上这棵塔松的显然不止我一个。好几天了,串串好听的鸟鸣从那浓浓淡淡的绿色中传出来,惹得我一次次把头探出窗外,想知道究竟是一只什么模样的鸟儿有兴致一天天躲在大树上放音乐。但是,任是我扭酸了脖子,也没有瞧见一根鸟毛。

这天,办公室来了两个同事,听到鸟鸣,惊喜地叫起来:"什么鸟,唱得这么起劲?"说着他们就冲到了窗前,其中一个抓起了我的水杯,看样子是想泼些水过去逗那鸟儿飞起。我吓坏了,劈手夺下了他手里的杯子,哗地拉上了窗扇。我说:"你们是我的客人,它也是。人家唱得好好的,凭什么要惊扰它?"两个同事看着我气呼呼的样子,互相交换了一下眼色,无奈地笑起来。

　　每天，我都不知道它是什么时候飞来的，也不知道它什么时候飞走。我留意了一下周围的环境，并不见有适合它搭窝居住的地方。但它似乎就是认准了这棵大树，没来由地天天到这里来抒发它的一腔深情。

　　听着这只不知名的鸟儿鸣啭得如此流丽欢畅，我忍不住要为它的欢乐高歌找个理由。但每当有一个想法从心底冒出，自己就慌忙去否定它——太俗啦！幸亏那鸟儿不曾洞悉我为它编出了这样的俗理由，否则，它可能要弃我而去吧？

　　3月的最后一天，下了一场不大不小的"浇花雨"。雨住之后，天蓝得像我电脑的美丽桌面。我站在窗前，不知为什么，心头竟掠过一丝莫名的怅惘。我小心地探寻那怅惘的源头，问自己究竟为什么在这爽亮的晴空下却全无爽亮的心境？居然，我答不上来。答不上来也克服不掉那袭人的怅惘，我埋着头，听凭自己的心被一种微痛轻轻地折磨。突然，我打了个激灵，我的耳朵捕捉到了一线蛛丝般的声响，恍若一个试探的低音——是它！是那只鸟！它在树上！几乎就在我肯定了自己的这一判断的同时，它就毅然送出了婉转流丽的鸣唱。至于它是在雨后飞来的呢，还是躲在树上避的雨，或者某个枝柯下就隐匿着它一个神秘的巢，这些，我永远不得而知，我所确切知道的是，它一叫，我的怅惘就蒸发了！只有当它叫起来的时候，我才敢于承认，我的怅惘，原是源于我对它的担心，我担心一场不期然的春雨会陡然浇熄了它美妙的歌声啊！好在，它娇小（应该是娇小的吧）的身躯并没有我想象的那么脆弱，它可以扛过一场雨，并且雨后的鸣啭越发清脆越发洗练了。我拨了一个电话给保定的妹妹，对她说："有一只鸟，陪了我半个春天了，可我至今也没有看见过它；现在，它就在我窗外的塔松上叫，叫得欢极了！你听听——"

嫩嫩的松针被日渐强烈的阳光层层着色，塔松的绿眼见得浑然一体了，我的鸟儿却依然没有飞离的意思。看不见它的模样，想不出它鸣唱的理由，耳朵却抢着证明它天天都在"放电"——给我欢跃的理由，让我饶有兴味地为那几个明快的单音付出无限幸福的猜想，让我惊喜地感知，有一串鲜润的歌谣能把蓝天的蓝铺展入魂，有一番动人的吟咏能把绿树的绿摇曳入心！

如果要编写"人类心灵大事记"，我一定郑重提出申请，申请记下这重要的一笔——在一个美丽的春天，有一个女人日日临窗微笑；窗外，有一棵漂亮的大树，树上有一只隐蔽得很好的鸟，那鸟用悦耳的叫声为女人在春天之外又缔造了一个春天……

虫爱

生命，是一根瞬间划亮的火柴，趁着这短暂的光明正被我们幸运地拥有，让我们张开慧眼，看重生命之轻，看轻生命之重。

　　一个人，坐在家里，看法国导演雅克·贝汉花费15年的时间拍摄的影片《小宇宙》，竟忍不住一次次在电视机前纵情地欢呼。

　　这是一部精彩得让你不得不纵情欢呼的影片。

　　这不是一部普通的纪录片。记录者把自己对生命的领悟乃至自己的生命都慨然地融进了画面。片子讲述的是"草间的生命"——生活在草叶中的各种昆虫。但妙的是，每一个观看者都能从那些虫子身上发现自我。

　　美丽的瓢虫在一片草叶上行走，雨来了，有那么一滴，恰巧打在了它的花壳上。小小的虫子，显然不胜这猝然的一击，它试图稳住自己，并且，它还努力做了个展翅欲飞的动作，但那一滴雨的力量实在是太大了，可怜的虫子终是被掀翻了。

　　月夜，一只螳螂站在狗尾草的绒棒上面，表演一种高难度的体操。它几乎是遵循了某种美学原则，优雅地屈伸着自己的六条腿，随后，它摆出了那个类似祷告的经典姿势，前腿上的锯刺历历可数——我想，它一定不是表演给镜头看的，那么，它是表演给月亮看的吧？

镜头继续带着我在草叶间行走。我看到一个毛茸茸的东西，从一截管状物中一点点地挣出。起初，我认不出那究竟是个什么东西，到后来，我看清那毛茸茸的东西上面有一对眼睛，便猜到了那是正在经历着蜕变的生命。丑陋的茧，被慢慢摆脱，从茧中走出的蛾子，鲜亮得令人惊异。它细长的腿，初尝了这世间习习的凉风，禁不住轻轻地颤抖了一下，随即就变得从容了。镜头转到它的背部，随着它与茧子的彻底分离，它的翼翅完整地显露出来。直立的蛾子，仿佛披了一袭半透明的婚纱。它新娘般骄矜地站立着，顾盼生辉。面对这瞬间登仙的生命，你除了欢呼，又能做什么？

在这部精妙绝伦的影片当中，拍摄者的得意之笔实在是太多太多了，不过，"蜗牛的爱情"一定是最令拍摄者得意的吧？雨后的芳草地，水珠在草叶间打滚。有两只蜗牛，从不同的方向朝一个宿命般的地方走来。它们走得那样迟缓，却又走得那样执着，仿佛冥冥中有一种不可抗拒的召唤。终于相遇了。触角轻触了一下对方，却立刻闪电般缩回了。再次相触时，已有了某种默契。贴面，交颈，一只蜗牛的头索性缱绻地陷入了另一只蜗牛柔软的身体里面，然后又无限眷恋地抽身。两个晶莹剔透的身体长久地缠绕拥抱，而它们随身携带的精巧房子则幸福地倾斜,颠倒……芳草见证了它们两个的爱情,云彩见证了它们两个的爱情。天地之间,两只蜗牛的爱情是那样隆重,热烈,圣洁,美丽。

…… ……

　　昆虫的艰辛,昆虫的优美,昆虫的蜕变,昆虫的恋歌,这些,都不过是昆虫的体验,但又绝不仅仅是昆虫的体验。对小宇宙的大领悟,是雅克·贝汉献给人类的曼妙情诗。说到底,在这个世界上,人与虫,所拿到的都不过是一张单程的生命车票。生命之前,生命之后,皆是无尽的黑暗。生命,是一根瞬间划亮的火柴,趁着这短暂的光明正被我们幸运地拥有,让我们张开慧眼,看重生命之轻,看轻生命之重,让生活在这个世界上的所有生灵都互相发现、互相欣赏、互相取暖吧。

抬头看云

好白的云，好美的云。就在我的头顶上，悄然无声地上演着一幕多么精彩美妙的剧啊！

骑车走在路上，突然发现前面一辆出租车的后玻璃装饰得十分考究，那曼妙灵动的纹路，似花还似非花，一漾一漾的，让人的心旌也跟着摇荡起来。我快骑几下，试图看清那究竟是些什么图案。吱——前面一个紧急刹车，我自行车的前轱辘差点顶住了那辆车的尾灯。我惊惶地叫了一声，同时看清了那勾走我眼波的所谓花纹，居然是车玻璃反射出的天上的云彩！

我自嘲地笑着，索性跳下自行车，举头望天，全心全意地看起云来。

好白的云，好美的云。就在我的头顶上，悄然无声地上演着一幕多么精彩美妙的剧啊！

为什么我的步履总是那么匆遽？我的鞋子上蒙着一层细尘，我的履底无缘阅读洁白美丽的云朵。这双眼睛在追逐着什么？这颗心儿在遗忘着什么？如果不是借着一方玻璃的提醒，我是不是就不再记得头上有一个可供心灵散步的青天？

"妈妈,这个阿姨看云呢!"

我被一个响亮的童声惊动了。循声望去,见一位母亲正用力地推搡一个五六岁的小男孩——显然这位母亲是在怨责她的孩子用一句冒失的喊话冒犯了我这个陌生人。我心里咯噔一下,想,在我举头望天的时候,我一定成了路人张望指点的对象,他们会说我痴说我呆,他们在心里讲着同情我哀怜我的话语,甚至还可能会为自己敏锐的洞悉而沾沾自喜。然而,他们全错了,只有这个纯真的孩子猜透了我,说穿了我。

亲爱的孩子,我小小的知音,你相信吗,在这个喧闹的世界上,有许多事情真的并不比看云更重要。如果你愿意,就请和我站到一起,让我指给你看吧,天上——开着那么多那么多上帝来不及摘走的花啊……

春日絮语

小小寰宇,确有不少陈旧叠着的陈旧,例如情仇,例如物欲,但是,你也一定要看到有太多新鲜衔着的新鲜,例如春风,例如春雨……

春如期而至。

没有冗赘的前奏或序曲,春和着我匀静的心律,一路踏歌而来。她用素手拨亮了花朵,用眼波凝碧了长天。她款款地临风举步,俯身撒播动人的消息。当遇到那些冥顽的残冬块垒,她会宽容地微笑。在她美丽的笑影里,所有和春天无关的故事便纷纷羞惭沮丧地溃退,而新枝新绿新花蕾则无可争议地成为这个世界的热门话题。

每一个春天都让我另眼相看。

真的,不要说今年的这片叶子其实是去年那片叶子的翻版,也不要说今年的这声鸟啼其实跟去年的那声鸟啼雷同。我所读到的春全都是全新的版本,我所约见的每一个春光流溢的日子都能让这多情的心儿忆起初恋的时光。小小寰宇,确有不少陈旧叠着的陈旧,例如情仇,例如物欲,但是,你也一定要看到有太多新鲜衔着的新鲜,例如春风,例如春雨……

如果，如果我不能在每一个春里完成一件关乎春天的作品，我不知道我这支笔将会苍老成何等模样。

我不忍在春绝顶富丽的花园里碰伤一个娇小的花蕾。我太怕她会喊痛。她那无声的呻吟会令我毛骨悚然。

我懂得她。我怎会不懂得她呢？她从初冬就开始兴致勃勃地启程，跋涉过了整整一个萧索的季节。她做梦都在啜饮开放的琼浆。她苦心积攒了上百个日子的俏丽与芳菲，不就是为了春光中那短暂的展示吗？——请让我轻轻地避开那满枝娇美脆弱的心思吧，让我的眸子以最圣洁的柔光去亲吻那缤纷的诗行！

噢，那些花，那些朵，那些金盅玉盏，全都是春宴的珍馐啊！面对这美的盛筵，我善感的心灵怎能不被欣悦与感动涨满？在春那香暖的臂弯里，我有一点意乱情迷。我口中默默吟诵着"惜春常恨花开早"，眼睛却在痴痴追索着"红杏枝头春意闹"——告诉我，是谁在一夜之间就唤醒了我这么多美好的情愫和可爱的思想，让我的心一下子变成了无比高贵的美的基座？

春以千般温情征服了我。

曾几何时，冬的鞭子无情地抽打我的皮肉，可我的头颅却倔强地昂得更高更高；而春的手刚一触及我隐隐作痛的伤痕，我却已忍不住泪流满面！

春以她优秀的品质濯浣我，带动我。经历一次春天我便增添一份秀色，经历一次春天我便增添一份聪慧。

春的爱抚令我镂骨铭心，而清贫的我却无以为报。我只能祈求我的每一个句子都幻化成深得春宠爱的小孩儿,让我的小孩儿嬉戏着欢跳着去追逐春的芳踪——那样我就不会再抱怨"春归无觅处",那样我就能骄傲地宣称:我已用我的诗文牵住了春之仙袂。

一湖云

在太阳底下那面硕大的镜子旁,我接受了一种异样的美的点化,从此,我的怀抱不再寂寞空虚。

来到镜泊湖,获赠一湖云。

此前,我被允来此处戏水泛舟,啖鱼赏瀑,何曾逆料,她送我的见面礼,竟是一湖云!

才知道为何会用"镜"来命名一个湖。当真就是一面平滑洁净的"镜"啊!苏轼所谓"风静縠纹平",应该就是此番景象吧。再看那"镜"中的白云,一朵朵,仿若被绣在了湖的天心。一时间,我竟可笑地以为,只要我的手法足够高妙,我就能轻巧地揭下那一匹匹美丽的织锦,裁袍缝衣,一任我意。我大张了双臂,在意念上拥住了这一湖云。我深信,我此刻拥住的,已是这个湖所能给我的绝顶美色。我仰头望天,跟云们说:"嘿!你们一个在天上,一个在湖中,硬是把我夹在中间——你们,竟不怕生生把我美死吗?"倏然间,莫西子诗的歌从唇边冒出来,冒出来牢牢缠住了我——"我们就只是打了个照面,这颗心就稀巴烂……""稀巴烂"的心,一点点被我抛进水中的云端,覆水难收。

　　坐在餐桌边，却不停地勾头看手机。我在搜索镜泊湖的四季气温以及牡丹江的房价。搜完了，自嘲地暗问："难道，你竟是打算来此地定居吗？"——我狂野不羁的"打算"，总是华丽丽越过了我谨饬审慎的理性，以一副荒唐至极的面目，小丑般跳到我面前。然而此刻，我却无意自嗔自责。我温柔地对那个荒诞不经的"打算"说："要怨，也委实怨不得你。"

　　借宿湖畔的几天，天天怀着不可告人的目的，来湖边找寻那一湖云。然而，镜子沉入了湖底，湖面起了波澜；天上的云，也早已不知所终。可我却是多么执拗，直到上车前，还借口去洗手间，跑到落地窗前瞄了一眼那湖。特别渴盼瞄见那一湖云，特别害怕瞄见那一湖云——我想要一个重温的时刻，又担心多一份牵绊的理由。

　　我回到了远离那一湖云的城市。

　　不能听到有人提及镜泊湖，不能听到有人提及牡丹江，甚至不能听到有人提及东三省，只要一听到，立刻进入极度兴奋状态，自顾自开讲"一湖云"。

　　单位对面有个烟雨湖，小得可怜，湖面没有云朵来殷勤投影。深秋时节，我和白头的芦苇们并排站在湖边。面对琥珀色的湖水，我听到我心底有个声音在说："请允许我为你做一件事——把我获赠的一湖云，转赠给你吧！"我开始不辞辛苦地从心头往下卸那些繁丽的云朵。它们那么轻盈，那么乖巧，那么任人摆布。很快，我就卸了满满的一湖云。我俯首凝视自己的怀抱，仿佛是要检点心头还剩有几多白云。突然，我兀自笑起来，因为，我发现自己心中的云朵居然越卸越多……湖畔有红男绿女在走，然而，没有人看见我"卸云"的壮举。芦苇们前仰后合，仿佛在笑，莫非，它们觉察到这湖起了微妙的变化？反正它们和我一样，莫名欢悦起来。一湖云，厚待过我，抚慰过我，招引过我，追随过我，幽禁过我，救赎过我。在太阳底下那面硕大的镜子旁，我接受了一种异样的美的点化，从此，我的怀抱不再寂寞空虚。

　　心中装有一湖云，逢水即牧一湖云。云在我心上，我在云心头……

变我为虫，变虫为我

优质的生命，是要有一块可贵的"精神自留地"的。

有几个问题一直令我百思不解：为什么高东生竟能寻到那么多稀奇古怪的虫子？为什么每一种虫子在高东生那里都有一个妥妥的芳名？为什么那些虫子在遇到高东生的镜头后就竞相献上绝色抑或绝技？

人与人相遇，讲究一个"缘"字，人与虫也是吧？或许，相遇之前，他与它，朝朝暮暮深切思念着对方，不走进对方的生命就誓不甘休。

我曾有幸目睹过高东生拍摄虫子。一干人，在皓首俯仰的芦花旁散漫地走，边走边指天画地。走着走着，背着笨重摄影器材的高东生就不见了。待我们踅回去，却见他正倾心地工作。他用的是微距镜头，整个人，几乎是在与拍摄对象跳贴面舞了！那些微渺的生命，轻易就逃过了一群傲慢者的眼睛；只有那巡礼般走过的人，才会被一个看不见的邀约姿势殷勤挽留，于是，一种宿命般的对话，便在秋阳下热烈进行。

随便抽出高东生的一帧作品，你都能在画面上真真切切地读到两个字：治愈。你灵魂深处的某种躁动不安，被一只不起眼的小虫窥破、衔走、啮噬、消解……我就曾在阒夜迷途的时刻，独自与高东生镜头中灵异的豆娘对话，那个仿佛是从我童年飞来的精灵，翅上驮着一豆光，却可供我的精神疏瀹澡雪。

高东生是个有着深湛文字功底的语文教师。他的"摄影散文"每一篇都至精至美。讲真，我曾无数次为自己当初慧眼识英地将他的图与文推介给《读者·原创版》而暗自得意！至于《虫子的江湖》一书的热卖，则更令我兴奋得捐弃了睡眠……须知，那高东生可是个"带镰刀"的人啊！他走到哪里，就在哪里毫不客气地收割一批"虫儿粉"。这本书，妙就妙在，它智慧地挖掘出了读者的"潜需求"——在你讲不清你的书柜饥渴地思念着什么的时候，这本书款款地来了，它不事张扬地在那里轻巧地一坐，却顷刻让你听到了一种静默的喧哗。你颔首：嗯，这恰是我想要的静默，也恰是我想要的喧哗啊！

我坚持认为，优质的生命，是要有一块可贵的"精神自留地"的。丰饶的人儿，需要在那里种些个无关稻粱的植物。比如，人家高东生就种了虫子。

你与你之所爱，厮磨久了，自会相契相融，物我兼忘。"变我为虫，变虫为我"，这大概就是高东生的至高追求了吧？一想到股票涨跌与楼市冷热均不能撼动一颗爱虫的心，我就忍不住窃喜，就忍不住对着那痴心觅虫、拍虫、写虫的人隔空喊话：Go on（加油）！高东生！

第四辑

寻找你的"精神花地"

如果你侥幸拥有了一些自由支配的时间,
你肯不肯携自己进入一个无关功名、
无关利禄、无关风月的"创造性事件"?
将自己的精神托付一片花地,
将自己的心灵托付一片轻羽,芬芳着翩飞,
娴雅地寻觅,有诗有梦,无惧无忧……

井底有个天

用心耕犁生活的人，怀抱一颗拙朴的心，铭镂庆渥，感念福泽，屐痕至处，处处花开。

在"万里浮云阴且晴"的日子里，徽派建筑等来了远道而来的我。

粉壁黛瓦马头墙、木雕砖雕石头雕，我都可以不看，偏偏迷上了"天井"。好端端的房屋，没来由地就在屋顶开了个长方形的洞，暗沉沉的房里，跌进一束天光。在宏村，在黄村，在渚口村，天井引我仰望。

殷实的人家，房屋都是用上好的木板围合而成。木香裹挟了我。不是那种新鲜的刨花的香，而是年轮被岁月的手反复摩挲的香——沉郁、低回、缠人。没有窗户，也无须窗户，天井里流泻而下的光，充溢了房屋的每一个角落。坐在一把包浆喜人的老木椅里，安静地抬眼望天。突然发现，那天井居然是活的——流云带动了天井，那精心镶嵌于屋顶上的画，便朝着与风相反的方向游移。好好的阳光，倏然落下几滴雨来。亮亮斜斜的银丝，就在我眼前垂挂而下。幽暗的老屋，被这几丝不期然飘落的雨挑逗得风流蕴藉；我看见雨落在"井底"滑腻的苔藓上，又不动声色地消隐于水槽中。我看呆了。想，若是落雪呢？（导游说过，这地方冬日是要落雪的呀。）炉中的火苗舞蹈着，被雪拦在家中的人儿，"卧观天井悬"，看一朵朵雪花从天井里热切地扑进屋内，边坠落，边融化，坠到青苔之上，已没了筋骨。又忍不住想，若是夏夜呢？夏夜里繁星闪烁，坐在凉爽而又蚊虫不侵的屋内，摇了扇子，悉心点数天井圈住了几多星星，暗暗记下，与下一个夜晚天井所圈住的星星做一下比对，隐秘的欢悦，漫上心头……落花时节，天井会飘落花瓣雨吧？有鸟飞过，天井会滴落鸟啼声吧？

"四水归堂"，导游这样讲。天井，本是用来承接天降的雨水与财气的，四方之财，犹如四方之水，汇聚于我家——晴天阳光照进天井，即是"洒金"；雨天雨丝飘进天井，即是"流银"。又有民谣道："家有天井一方，子子孙孙兴旺。"或许，每一个天井里都藏有这样的美好祈愿吧。然而，我不相信为自己的家族祝祷乃是天井唯一的使命，就像我不相信世间花朵的绽放只是为了传宗接代一般。想那第一个建造天井的人，他一定是一个兼具哲人智慧与诗人气质的建筑家。他近乎负气地说："谁说天光一定要从四方的窗牖里泻落，我偏要从屋顶开一扇窗，恭请日月进驻，恭请风雨进驻。我就是要在井底有个天！我就是要在房屋的中央，供奉一个不走样的自然！我坚信，这一方自然里，住着福气，住着神祇！"——他赢了。在他身后，呼啦啦，千万间房屋都争先恐后地开了天井。于是,这里的人家都开始借一眼通天接地的井,纳财、纳福;于是,太阳在俯瞰这个蓝色星球时便忍不住朝这一片与它友好对视的眼睛多看了几眼。"会呼吸的房子"——这是外国友人对有天井的徽州老房子的由衷赞叹。是呢,借助一个神奇的孔洞,房屋呼出了浊气,吸进了生机。

当地人说:"天井,是家庭的中心气场。"在"中心气场"的外围梳理四季,四季也变得圣洁起来、馨香起来。拥有天井的人家,该拥有怎样的岁月呢?这些人家,勇毅地掀开了生活的一角给天看,指天发誓,似乎成了一件更易于实施、更易于应验的事。——我发誓不负天下。我发誓不负春光。我发誓不负卿卿……一言既出,日月可鉴。用心耕犁生活的人,怀抱一颗拙朴的心,铭镂庆渥,感念福泽,屐痕至处,处处花开。

好人是最好的风水。懂得敬畏,懂得惜福,懂得图新,懂得守璞,懂得将自心与天心抟捏成一个整体——这样的人,不就是一块行走的"风水宝地"吗?

剪一方澄澈的蓝天,镶嵌于刻板黯淡的屋顶之上。自此,头上有个井,井底有个天;自此,林木的呼吸就来殷勤应和我的呼吸,天地的心事就来殷勤刷新我的心事。井在。爱在。烟火在。

精神灿烂

她将灿烂之情交付针线,那细密的针脚里,摇曳着她饱满多姿的生命。她锦绣的心思,炫动烂漫,无人能及。

凡清代画家石涛看得上眼的书画,定然符合他给出的一个标准,那就是——"精神灿烂"。

自打这个词语植入我的心壤,我发现自己几乎依赖上了这种表达。看到一株树生得蓬勃,便夸它"精神灿烂";看到一枝花开得忘情,也赞它"精神灿烂";在厨房的角落,惊喜发现一棵被遗忘的葱居然自顾自地挺出了一个娇嫩花苞,也慨然颂之"精神灿烂"。

在清末绣娘沈寿的艺术馆,驻足精美绝伦的绣品前,我一下子就明白了,为何这个女子能让一代巨贾张謇为她写出"因君强饭我加餐"的浓情诗句,她将灿烂之情交付针线,那细密的针脚里,摇曳着她饱满多姿的生命。她锦绣的心思,炫动烂漫,无人能及。

学校的走廊里挂着一些老照片,尤爱其中一幅:青年学生在文艺汇演中夺了奖,带着夸张的妆容,在镜头前由衷地、卖力地笑。我相信，每一个从这幅照片前经过的人，不管揣了怎样沉沉的心事，都会被那笑的洪流不由分说地裹挟了，让自己的心也跟着泛起一朵欢悦的浪花。

美国著名插画家"塔莎奶奶"最欣赏萧伯纳的一句话："只有年少时拥有年轻，是件可怕的事。"为了让"年轻"永驻，她不惜花费30年的光阴，在荒野上建成了鲜花盛开的美丽农庄。她守着如花的生命，怀着如花的心情，把每一个平凡的日子都过成美妙童话。满脸皱纹如菊、双手青筋如虬的她，扎着俏丽的小花巾，穿着素色布裙，赤着脚，修剪草坪，逗弄小狗，泛舟清溪，吟诗作画。她说，下过雪后，她喜欢去寻觅动物的足迹，她把鼹鼠的足迹比喻成"一串项链"，把小鸟的足迹比喻成"蕾丝花纹"。92岁依然美丽优雅的女人，告诉世界，精神灿烂，可以击溃衰老。

在石涛看来，"精神灿烂"的对面，颓然站立着的是"浅薄无神"。我多么怕，怕太多的人被它巨大的阴影罩住。我们的灵魂情态，我们的生命状态，一旦陷入这样的泥淖，它所娩出的产品（无论是精神的还是物质的）定然是劣质的、速朽的，甚至是富含毒素的⋯⋯

相信吧！一个精神灿烂的人，可以活成一座花园；一个精神灿烂的群体，可以活成一种传奇。

别丢了坎蒂德

工作出色，内心澄澈，酷爱自然，悲天悯人，不为外物所役，不为虚名所累，有本事赚钱，更有本事把钱花在给生命带来无边欢悦的地方。

儿子打来电话，没聊上几句，我就急着问他："坎蒂德怎么样了？他走了吗？"

儿子笑起来："妈，你怎么这么惦记他呀？我都嫉妒了！"

儿子在英国剑桥CSR公司工作。刚一上班的时候，他就告诉我说，与他对坐的是一个葡萄牙人，名叫坎蒂德。坎蒂德的工号是12号，年纪不大，尚未娶妻，却是这个公司地道的元老级人物。公司排前二十个工号的只剩了三个人，只有坎蒂德一直没有当官，不是因为他缺乏能力，而是因为他不感兴趣。

"他可牛了！"儿子说，"他是全公司员工在技术方面请教的中心，据说他的钱多到可以在伦敦买上几栋楼呢！"

就是这个"可牛了"的坎蒂德整天穿得叫花子似的，上下班骑一辆破自行车。

"他是刻意藏富吧？"我问。

儿子说："我看不像。他的兴趣不在吃穿用度上。"

——当官没兴趣,吃穿用度也不讲究,那这个坎蒂德"情感的出口"究竟在哪里呢?

儿子说,坎蒂德是个"超慈悲""超热爱大自然"的人。他去了一趟养鸡场,看到速成鸡被囚禁在不能转身的笼子里,参观者被告知不可大声讲话,否则这些心脏特别脆弱的鸡就会被当场吓死,回来后,坎蒂德就开始吃素了。他说,他好可怜那些鸡;他还说,他有时候会莫名思念那些鸡,很想去探视它们,却又没有勇气。

三个月前,坎蒂德利用休假回到葡萄牙,投注了一笔巨资。

儿子让我猜猜他买了什么。

我说:"别墅?土地?度假村……"

儿子说:"都不是。他买了一座森林。"

休假结束回到公司,坎蒂德每天惦念他的森林。他把森林的照片一张张翻给同事们看,像炫耀自己年轻貌美的未婚妻。

他告诉我儿子说,他准备辞职,回家去照顾他的森林。他在英国置办了高档的摄像机、照相机、放大镜、显微镜,说是回去后要好好观察研究森林里的各种植物与昆虫。

2008年,剑桥大学在剑河畔为中国诗人徐志摩立了一块大理石诗碑,碑上刻着徐志摩《再别康桥》一诗中的四句话:"轻轻的我走了/正如我轻轻的来/我挥一挥衣袖/不带走一片云彩"。碑上只刻了中文,并无英文译文。坎蒂德央我儿子为他翻译。我儿子不但为他翻译了那四句诗,还告诉他说,自己的父亲也是个诗人，并且也姓徐。坎蒂德听了，非常高兴。他说，他愿意随时恭候中国诗人的儿子游览葡萄牙，游览他美丽的森林。

坎蒂德是在2011年12月2日那天离开剑桥的。临走前，公司的同事们按惯例为他"凑份子"送行。一笔可观的英镑打到了一张卡上，送到了他的手中。他一拿到那张卡，立刻让我儿子和他一起在网上查找非洲一个救助饥饿儿童的网站，查到后将钱悉数捐了出去。坎蒂德举着那张分文不剩的空卡，开心地对我儿子说："这个，我要收藏的。"

我多么愿意让儿子一辈子都与这样的人做同事啊！工作出色，内心澄澈，酷爱自然，悲天悯人，不为外物所役，不为虚名所累，有本事赚钱，更有本事把钱花在给生命带来无边欢悦的地方。

"永远不要丢了坎蒂德。不管多远，都与他保持联系吧。"我这样嘱咐儿子。

寻找你的"精神花地"

将自己的精神托付一片花地，将自己的心灵托付一片轻羽，芬芳着翩飞，娴雅地寻觅，有诗有梦，无惧无忧……

这个故事是我在TED讲座上听到的。故事的主人公名叫罗西·格里尔，身高1.96米，体重136公斤。他是美国的一名橄榄球队员，效力于洛杉矶公羊队。他和他的队友所向披靡，对手无不胆寒。但是，就是这样一个彪形大汉，却有一个令人匪夷所思的爱好——他酷爱刺绣！在激烈的比赛之余，罗西就无限享受地埋首于女红。抛掷橄榄球的大手，安静地捏着一枚绣花针，彩线在他的襟袖之间跳跃。有一张照片，拍的就是盘坐刺绣的罗西，他绣的是自己的一张脸。后来，他索性出了一本书，书名就叫《罗西·格里尔的男式刺绣》。讲这个故事的人赞美罗西"心安理得地做真实的自己"，他号召人们顺应自我的"本真"做事，"拥抱心中那个3岁的自己"。

或许，罗西·格里尔这个在花生田里出生的男孩3岁时就对母亲、姐姐的刺绣技艺着了迷。刺绣，这个羞涩的愿望伴随着他的身体日渐长大，他温柔地纵宠了这个愿望，让它从梦境中走到了阳光下。一场场激烈的赛事，无异于一场场激烈的战事，而罗西就在弥漫的硝烟中用花针为自己减压，用彩线为生命着色。

不由得想起了我的闺蜜改子：身为大学教授的她，也有一项远离自身性别与职业的爱好——木工。她的家就像一个木工作坊，到处弥漫着木香。她的作品摆得满屋都是，床、箱、桌、椅，一应俱全。她经常得意地在微信上晒她的新作，每次都引来一片惊呼。因为我与改子是"发小"，我知道她家的邻居就是个木匠。她是玩着刨花长大的——是不是3岁时她就开始做"木匠梦"了呢？将一块呆头呆脑的原木变戏法般地变成一件实用又漂亮的器物，这个美好的梦一直追着她，直到她有能力用自己的双手将一只小板凳从一段原木上成功刨出……

手拿花针、彩线的罗西是帅气的，手持刨子、锯子的改子是美丽的。我问自己，我还能不能想起心中那个3岁的自己究竟想要什么？我还会给她吗？我还能给她吗？是谁，偷走了我们的"本真"，然后，将一些原本遭我们厌弃的东西作为礼物强行塞进了我们人生的背囊？我们离那个专心致志在后院采一下午蒲公英的自己越来越远了，我们离那个在雨后水洼中疯癫跑跳溅了满身满脸泥点子的自己越来越远了。神不知鬼不觉地，我们就聪明地将自己的梦想悄悄挪到了金子的旁边，挪到了冠冕的旁边，挪到了掌声的旁边……我们不能容忍自己在"低性价比事件"上耗费生命，凡事掂量，凡事权衡，凡事追求利益最大化。

我们从没有想过，这样对自我的巧取豪夺，原是对生命的一种辜负。我听见有人在说,那好吧,我不追名逐利,我花天酒地,我灯红酒绿,我声色犬马,我醉生梦死,这不也是"顺应本真"吗?呵呵,我只想提醒你:请不要玷污了3岁的自己。

如果你侥幸拥有了一些自由支配的时间,你肯不肯携自己进入一个无关功名、无关利禄、无关风月的"创造性事件"?将自己的精神托付一片花地,将自己的心灵托付一片轻羽,芬芳着翻飞,娴雅地寻觅,有诗有梦,无惧无忧……

书疗

书可疗伤，书可疗俗，书可御寒，书可却暑。

忧时喜时，都愿意去亲近书。

最近一段时间，迷上了重温。那感觉，像是在重访故人，更像是在重访自己。

当忧伤劫持了我，早就学会了"书疗"。抛掉沉重的专业书籍，不要带任何功利色彩，宠着自己的阅读口味，读自己"最有感觉"的书。

多少次，我从自家的书架上拣出雨果的那部《悲惨世界》。我要会晤十六岁那年结识的小珂赛特。我要看一看，穿着破旧衣服的珂赛特，还走在去森林里提水的夜路上吗？路过笼在蜡烛光里的玩具店的时候，她又偷眼看那穿着紫红衣服的洋娃娃了没有？当这个八岁的女孩提着沉重的水桶走在可怕的夜路上的时候，那只大手有没有悄悄伸过来，使她陡然感到水桶变轻了许多……那只大手，在拿走了珂赛特水桶重量的同时，也拿走了我的忧伤。清晰地记得，我在这页书上哭过；如今，我重拾了那哭。感谢雨果，感谢他再一次抚慰了我。想起那一年，在法国的

"先贤祠"前,央人给我拍了许多许多照片,心里有个温柔的声音在说:"就当是与长眠在这里的雨果合影了吧。"今年初春,一家电视台邀我去担任"西方人文大师"主讲,让我从众多的大师中挑选一位自己"中意"的作家。"雨果!"我不假思索地说。对方笑了,说:"啊?怎么这么多人都抢雨果呀!不好意思,雨果已经被人选走了,你另选一位吧。"我于是选了巴尔扎克,因为讲巴尔扎克注定绕不过雨果。二百多年了,悲悯的雨果,一直用他的作品降着悲悯的甘霖,给尘世间焦渴的人们带来福祉。

很久以前,读海子的诗。看他写:"梭罗这人有脑子/梭罗手头没有别的/抓住了一根棒木/那木棍揍了我/狠狠揍了我/像春天揍了我……"我蒙了。在我心里,伟大的作家总是要"救人"的,可是,海子却说,这位作家是在"揍人"。某一些时日,正春风得意,驱遣着自己随梭罗再一次走近他那片静谧澄澈的湖水。当听他说"我宁愿独自坐在一只南瓜上,而不愿拥挤地坐在天鹅绒的坐垫上"时,我突然就想起了海子的诗,果真就是被木棒"狠狠揍了"的感觉啊!不幸被梭罗言中,我不就是热烈地向往着"拥挤地坐在天鹅绒的坐垫上"的一个至俗的人吗?最初阅读的时候,这个精妙的句子怎么会被我粗疏的心轻易忽略了呢?而今天,这个句子举着一根多情的"棒木",宿命般地揍了我。而这样的挨揍,又是多么美妙、多么值得记述啊!难怪海子说"像春天揍了我",这样的训诫,凛冽中裹着暖意,让你在一个寒战之后不期然看见了枝上鼓胀的花蕾,你清醒极了,充盈极了。一个傲然独坐在南瓜上的剪影,越来越清晰地呈现在你面前,除了膜拜,你不知道自己还能做些什么。

从台湾来的毛老师认真地问我:"为什么那些在世博会上排队等待的人不带一本书呢?"我被问得张口结舌,却记得在去看世博的时候,往书包里塞了一本书。我替那些忘了带书的人羞惭。那些在长队里百无聊赖地玩手机的人,舍弃了被好书抚慰一下的美好机缘。

好的阅读究竟像什么?不同的人会做出不同的回答,即使是同一个人,在不同的人生阶段也会做出不同的回答吧。最近看一个评论家的"酷论",说,<u>好的阅读就是引燃的炸药,它会在你心里炸出一个大坑,并在你身上留下终生难愈的无数细密难言的伤口</u>。检点自己的心与身,发现它们幸运地拥有着属于自己的"大坑"与"伤口"。我想,生命若想与"浅薄"决裂,大概离不开这样的"大坑"与"伤口"吧?<u>好的书,会以撕裂你的方式,拯救你。书可疗伤,书可疗俗,书可御寒,书可却暑</u>。

海子走时,带了4本书,他肯定是打算到那边去精读的吧?真想知道,那根棒木,可又幸福地揍了他?

秋窗风雨夕

于我而言，真正的秋风，不是打从夏末吹来的，而是打从《秋窗风雨夕》的字里行间丝丝缕缕汇聚而来的。

当年读《红楼梦》，爱到心头滴血的诗，竟不是《葬花吟》，而是《秋窗风雨夕》。

清楚地记得，我逐句查数过全诗中哪句带了"秋、窗、风、雨"四字中的哪一字；并且，我用心地背诵过它；每年一到秋雨连绵时节，心里一准会吟诵起"秋花惨淡秋草黄，耿耿秋灯秋夜长。已觉秋窗秋不尽，那堪风雨助凄凉……"所以，于我而言，真正的秋风，不是打从夏末吹来的，而是打从《秋窗风雨夕》的字里行间丝丝缕缕汇聚而来的。

及至后来，听到王立平为《秋窗风雨夕》谱的曲，欢喜得紧。只听了一遍，就差不多会哼唱了。

记得王立平曾说过，曹雪芹在《红楼梦》中几乎把什么都写清楚了——建筑、家什、花木、衣饰、饮食……唯有音乐，"一个音符都没有"，只能"无中生有"地创造。凭空为《红楼梦》中的十几首诗词谱曲，又要谱到每个"红迷"的心坎上，谈何容易？但是，王先生说，只要能将自己的名字与曹公的名字并写为"曹雪芹词，王立平曲"，"上刀山、下火海，也值了！"

他哭着、笑着、疯着、魔着，整整写了四年……

曹诗与王曲，契合度那么高。以至于让我觉得，《红楼梦》问世二百多年来，一直是天缺一角，直到等来了"把全部才华都献给了《红楼梦》"的王立平，我们头顶那胭脂色的穹隆，才真正完满起来、嫣润起来。

如果说王立平是曹雪芹的知音，那么，陈力就是曹、王的知音。不能是李力，也不能是赵力，必须是陈力呀，还必须是那个时期的陈力呀。

王立平焚心泣血地把曲子谱好了，却苦于选不出能完美地演绎它的歌手。在否定了众多专业歌手之后，他寻到了名不见经传的长春一汽业余歌手陈力。当时的陈力，忍受着丈夫去世的悲恸，接过了这一宿命般的重任。她练唱时，女儿无比气愤，甚至气到不再跟妈妈讲一句话。因为在女儿看来，妈妈是万不该在此时唱歌的。女儿哪里知晓，妈妈是把寸断的肝肠都揉进歌中了呀……

一个是泣血成书。

一个是泣血成曲。

一个是泣血成歌。

三个泣血，其实都是在为林妹妹泣血。这些"泣血"撞在一起，使得悲戚惨怛的《秋窗风雨夕》具有了惊魂夺魄的力量。

尘世间，唯有具备"灵魂相似度"的人，才可能真正彼此读懂。精神的血缘，可以跨越时空，将失散已久的亲人，紧紧缔结在一起。

秋雨中，我打了个寒战，《秋窗风雨夕》旋即从心底姗姗而来。仿佛是，它一直蛰伏在那里，从去年秋天，一直蛰伏到今年秋天，只等我一个寒战，它就携着比秋雨更寒的秋意，侵蚀了我，浇熄了我，捣碎了我。

"谁家秋院无风入，何处秋窗无雨声？"这"砭人肌骨"的秋风秋雨，它是来偷取人心上的青葱绿意的呀！吟唱一回《秋窗风雨夕》，我的生命就飘逝一缕。今秋这个吟唱的我，已不再是往岁那个吟唱的我……床榻间辗转难眠之际，耳畔是高一声低一声的《秋窗风雨夕》。我想跟这入骨的纠缠说声"再会"，然而，不能够的。它们抚遍我的周身，潜入我的三万六千个毛孔，令我于寒彻中顿然洞悉了尘世之纷扰——素日看重的，此刻想要撇弃；素日看轻的，此刻欲拥入怀。

一个好的作品，真真具有宗教般的伟力啊！

后来，又听了吴碧霞、郑绪岚、童丽、本市歌星们演唱的《秋窗风雨夕》。几乎每个人，只要唱到第一句"秋花惨淡秋草黄"的"草"字时，我就忍不住叹气了。陈力口中的那个"草"字，能黄到你心尖上、枯到你眉睫间；而她们口中的那个"草"字，或炫技、或蛊溺、或狎昵、或甜腻……唉，唱惯了甜歌的妹子，贸然尝试这苦郁的歌，又有那陈力在上，这不是自毁的节奏吗？

悲的力量其实是远大于喜的力量的。有人说，中国历史上没有真正的悲剧作品。还好，我们有个《秋窗风雨夕》。它带给我的痛感以及痛感后的审美快感，是《春江花月夜》之类的诗所永远不能给予我的。

秋了。我看见许多音符，都随秋叶一同零落成泥了。而那风中兀自摇曳的一枝，愈显得风致旖旎。——听哦，是谁叩窗，向你送来问候……

踏着鲜花　走向死亡

一册经典般厚重庄严的生命啊，页页都值得深读，页页都予人珍宝。

仅有一点点碎片时间。

朋友问："去吃茶还是去逛街？"我说："去地坛吧——这么近！"大家欢呼起来。

巧了！我们4个人，都是讲过史铁生《我与地坛》公开课的语文老师，大家自然有必要去那里重嗅一回那个人的精神气味。

在最近的一次讲座中，我提到了史铁生。我说："在我眼中，史铁生是踏着鲜花、走向死亡的人。他在身体这个残损的花坛里种满了奇美的花，看一眼，我们的怨望，顷刻灰飞。"

还记得史铁生那句泣血的话语吗——生命中永远有一个"更"。

坐在轮椅上，怀念能跑能跳的好时光；

长了褥疮，怀念安稳地坐在轮椅上的好时光；

得了尿毒症，怀念生了褥疮但依然可以安坐在轮椅上的好时光；

每周三次透析，怀念生了褥疮、患了尿毒症却依然可以清醒思考的好时光……

如果他在另一个世界里可以继续往下写，他会不会说："来到这个凄清的世界，怀念那看见阳光就微笑的好时光……"

厄运，一直对这个可怜的生命死缠烂打。

他说："我的职业是生病，业余写一点东西。"他在痛苦的泥潭里越陷越深，然而，他让自己的灵魂逆向飞翔，越飞越高。

临走前，他郑重地检视自己的身体，发现它还深藏了多件完好的礼物，他于是决定将它们悉数捐出。在中国武警总院，史铁生献给这世界最后一枚嘉果被摘走——他捐出了珍贵的肝脏。

在天津，有一个病人幸运地收到了这件无价的礼物。

到了这跋涉者的神园，我们几个语文人的话语突然变得出奇地少——心中话语滔滔，嘴巴便知趣地选择了缄默。缄默，也是为了听清"园神"那又冷又暖的昭告："孩子，这不是别的，这是你的罪孽和福祉。"

在一棵大树下，4个人竟不约而同地站成了一排。我连忙喊来一位牵着幼子漫步的母亲，让她帮我们拍照。

我，我们，听见头顶有一个幽幽的声音在说："地坛的每一棵树下我都去过，差不多它的每一米草地上都有过我的车轮印，无论是什么季节，什么天气，什么时间，我都在这园子里待过……我一连几小时专心致志地想关于死的事，也以同样的耐心和方式想过我为什么要出生……死是一件不必急于求成的事，是一个必然会降临的节日。"

他在那个属于他的节日里，安妥了这悲壮又华美的一生。

一册经典般厚重庄严的生命啊，页页都值得深读，页页都予人珍宝。

作家王开岭曾提议："在（地坛）一棵树下，种植一位年轻人的雕像。"请允许我为这美好的提议投出赞成票吧！

我们在地坛停留了75分钟。我知道，自始至终，我们都不是4个人在游地坛，而是5个人在游地坛呀！他，是一位不可或缺的"缺席陪游"。

感谢你来过！感谢你思考过！踏着你的脚步，卑庸的我也足下生香。你对待病与死的态度，使所有与你精神上亲近过的人都获得一种可贵的免疫——当它蛰伏，我竭力前行；当它逞凶，我从容以对。

是的，生死，是所有人都必须直面的一道"必答题"，在数不清的考生当中，有一个踏着鲜花、走向死亡的人，他的得分，是满分加。

脚窝里开出的花朵

给暗淡以色彩，给喑哑以声响，给沉寂以灵动，给腐朽以生机。

最初接触白居易的《琵琶行》时，我还是个十二三岁的孩子，无端地，竟把他想象成了一个穿长衫的男子，临风伫立于浔阳江头，握了满把大大小小的珠子，往一个碧绿的玉盘中撒，撒。后来终于读懂了这首绝美的诗，却无论如何抹不掉脑海中这个错误的景象。再后来，我站在讲台上给我的学生们讲这首诗，讲到"大珠小珠落玉盘"的时候，我常忍不住浩叹，我跟学生们说：如果你的耳朵不被这样的脆响灌满，你就没有办法领略琵琶女弹奏技艺之高妙。他们不知道此刻的我唇际正漾着一汪笑，我在笑自己在这首诗中那个稚气的迷失。

白居易对有声之声写得如此精妙生动，对无声之声的描摹更令人叹服，他说"此时无声胜有声"，在声音的空白处，他的耳朵听出了一万朵花开！自打他对无声之声做了如许描摹，千载而下，他的身后崛起了一代又一代驾轻就熟地引用着这个诗句的幸福的人儿。一个生生不息的句子，葳蕤着，为多少静默的时刻代言！当你信手拈来这个神奇的句子，把它恰到好处地插入到你的某种表达当中时,你会不会向岁月深处感恩地回眸,向那个才情傲世的诗人颔首微笑?

那么多容易被人忽略的声音,都被白居易纳入了耳鼓,摄入了心屏,挑在了笔端……

白居易笔下的"夜雨"是这样的:

"早蛩啼复歇,
残灯灭又明。
隔窗知夜雨,
芭蕉先有声。"

瞧,他连一只嫩嘴的蛐蛐叫一阵子歇一阵子都清晰地分辨出来了!雨前的风,逗弄得残灯时明时灭,诗人并不曾伸手于窗外探察雨点,却敏锐地听到了芭蕉叶上雨儿的足音!

白居易笔下的"夜雪"是这样的:

"已讶衾枕冷,
复见窗户明。
夜深知雪重,
时闻折竹声。"

雪来了,它没有像雨那样激动地在芭蕉叶上跳舞,而是悄悄地从你的衾枕上偷走了一点温热，从你的窗纸上涂掉了一层晦暗。你真切地得知雪之大，雪之重，还是竹枝殷勤相告的呢！静夜中折竹的响动，惊扰了诗人的幽梦，于是诗人开始在这不寐的长夜中苦觅新诗的韵脚。

浔阳江畔的珠玉之声，就算被我曲解了，也错出一段美妙的歧韵，至于那越窗而来的雨雪之声，更是让我生出了比珠玉还温润的怀想。因为心静，所以耳喧。如果让我试着说说这些诗的效用，我可能会说：安神，解乏，镇痛，疗伤。在浮躁追击着每颗无辜的心灵的今天，你想象不出，我多么愿意听珠子撞击玉盘时的绝响，多么愿意听深夜雨雪行经芭蕉或竹枝时的妙声，多么愿意听"别有幽愁暗恨生"时那无声的心曲。这些声音在白居易之前就在那里存在着，却被太多太多的人忽略，若不是白氏用生花的妙笔救起这些声音，我们的耳朵怕也会在它们面前失聪的吧？世界造就了这样一种人，给暗淡以色彩，给暗哑以声响，给沉寂以灵动，给腐朽以生机。他从自己的眸中挹出一些光亮来赠给你，他从自己的耳中摘下一些声音来赠给你。他是诗人，他揣着一颗珍贵的诗心在寻常的日子里行走，在他的身后，脚窝里开出了不败的花朵。

今天，我的耳朵里充斥着机器的噪声，我不敢宣称我想回到唐朝，我不敢宣称我想追随着白居易的耳朵去幸福地听。我只愿哼着歌子，为白居易的诗做一个漂亮的"flash（动画）"，发给我天南海北的朋友，让他们在噪音中遁入一小片安宁，随着白居易去听，去想……

七瓣莲里的人生

我一瓣一瓣地寻觅你的心踪,我一瓣一瓣地熏染你的心香。

"二十文章惊海内"。人们这样评价你。

对于你,我曾试图读懂,但却难以读懂。你的生命,被赋予了太多灵慧——你诗词了得,绘画了得,篆刻了得,音乐了得,戏剧了得。你怀着一颗恭肃的心,侍弄自己挚爱的文学艺术。读书、作画、弹琴之前,都要净手。你说,音乐是所有人的灵魂圣水;你第一个把光与影请到中国的画纸上;你束起腰,就能反串玛格丽特;你写的歌,我的母亲、我和我的孩子都喜欢唱……似乎随便哪碗饭你都能吃得很硬气——在任何一个领域里你都不屑浅尝辄止。但是,三十九岁那年夏天,你亲手打翻了所有的饭碗——你剃度了。

我一直为你遗憾呢。

这一天,我来到你的家乡平湖。听着当地人难懂的话,忍不住要学两句——你是这乡音哺育的赤子啊。来不及去宾馆放下行李,就央司机将我载到了你的纪念馆——"东湖"粼粼波光之上的一朵硕大莲花。七瓣莲里盛放的,就是你至丰至俭的一生了。

那在凉凉的石中"悲欣交集"着的，可是你？

擎着一枝焰火般盛开的"彼岸花"，耳畔回响着《送别》那哀婉凄美的旋律，我向你致意。我一瓣一瓣地寻觅你的心踪，我一瓣一瓣地熏染你的心香。半世的潇洒，都被框在泛黄的照片中了。我看到那个为你剃度"助缘"的居士了，他的一句戏言，却被你认了真。进入一个全新的境地之后，你觉得自己脱胎换骨了，遂想到老子的那句"能如婴儿乎"，竟毅然为自己取了新名——李婴。

就这样，你删繁就简的愿望，仿佛塘中一枝荷箭，不可遏抑地挺出来，挺出来。

"代苦"。这两个字是你用朱砂写的。血一样的颜色，那么触目惊心。你说，你宁愿独自担当世间的苦；又说，为了让世人少受苦，你宁愿受尽世间所有的苦。——造物主强行将"苦"这种东西分摊给他的子民，芸芸众生，谁个不是避之唯恐不及？而你，反希望多讨要一些，你愿替世人代受了那苦。

我难以挪步。

两万多个日子前，你说了这样一句话；两万多个日子后，我才听到你的声音。可我决意在这一帧字前当真放下些心中的苦，交由你"代"了去。我相信你不会厌烦，反会颔首。——你知道吗，当这个念头甫一浮上来的时候，我心中的苦，就已减了大半。

你的抚慰，即便隔了数万个日子，竟也这样奏效。

我曾在课堂上讲你的故事——为了让椅子上那肉眼看不见的小虫（或许竟是凭空想出的虫吧）免于被压得毙命，你坚持在落座前摇一摇椅子，以期让它们有机会逃走。孩子们听罢大笑起来。我眼中却蓄满了泪水……

有"代苦"之心的人，活得多么苦。"老实念佛"，过午不食，你以清瘦之躯供奉着一颗丰润禅心。如果我在这一帧血红的"代苦"面前还为你亲手打烂了一个个世俗的"饭碗"而叹惋，你定然会朝我投来失望的目光。

弃甜，原是你向"代苦"迈出的必然一步。

这个叫李叔同的人，足以让所有"贪甜"的人汗颜。

挥别之后，回望粼粼波光之上那别致的七瓣莲建筑，我竟然相信，莲花之下，有藕茁长……

"死而不亡"和"勇于不敢"

勇于不敢，就是肯于"高调示弱"——我不是真的弱，我是因了敬畏、因了悲悯、因了爱怜，所以才低头、才缩手、才退却。

给学生讲老子的那个名句"死而不亡者寿"，听到下面有嚷嚷声。我说："我猜你们在为这个句子找佐证。是吗？"有个男生站起来说："不是。我们在说，这好像是个病句吧？死了就是亡了，亡了就是死了，哪里还有死而不亡的人呢？"

我说："是吗？这世界上果真没有死而不亡的人吗？死和亡，一定是同步进行的吗？你们知道吗？除了'死而不亡'，老子还说过'勇于不敢'呢！你们是不是觉得这也是个病句呢？你们会说：'我们只听说过勇敢，没听说过勇于不敢——都不敢了，还能算什么勇？勇猛才是真勇敢，不敢就是怯懦了呗！怯懦要是称得上勇，那黑就称得上白，臭就称得上香！'你们是这样想的吗？孩子们，我为你们遗憾，因为，你们没有触摸到老子两千多年前的心跳呀！我拜托你们好好思忖思忖这两个词语中蕴含的深意，谁能悟透其中道理，谁就是个了不起的人！"

他们于是陷入了深深的思考。

我悄然自问：身为抛出这个问题的人，我自己悟透其中的道理了吗？

如果说我悟透了，那我为什么还总要去做一些"死而亡"和"勇于敢"的事呢？

死，是身体的灭亡；亡，是精神的灭亡。说起来，我们的皮囊，原是一件多么容易朽坏的东西啊！如果我们在短暂的人生途程中总是热衷于关照这易朽的皮囊，那么，我们的"死"，差不多也就等于"亡"了。但是，我们还有另外一种选择，那就是，为这易朽的皮囊注入意义，让它携着一种荣光，获得长于皮囊的生命。罗曼·罗兰说："创造就是消灭死。"其实，这个句子翻译成"创造就是消灭'亡'"更为妥帖。老子和罗曼·罗兰，无不是在劝诫人们通过创造某种价值来为自己延寿，只有那样，《安妮日记》中所谓"我想在我死后继续活着"才可能变为现实。我关注那些过分讲究养生的人很久了。他们像追求真理一样狂热地追求长寿，小心翼翼地伺候着自己的那具皮囊，唯恐它造反抑或罢工。他们罔顾生命的高度与宽度，眼睛直勾勾盯着生命的长度。我想，就算你能活百余岁，跟那活了千年的人相比，你不还是短寿的吗？那些为人类创造了宝贵精神财富的人，才是历千载而不亡啊！老子、孔子、李白、杜甫，这些人，堪称真正打败了光阴的人。

"勇敢"是个褒义词，历来为人们所崇尚。但是，谁能领略到"勇于不敢"的美丽呢？什么叫"勇于不敢"？在我看来，勇于不敢,就是肯于"高调示弱"——我不是真的弱,我是因了敬畏、因了悲悯、因了爱怜,所以才低头、才缩手、才退却。勇于不敢,是超越了勇敢的大智大勇,是"百炼钢"化为"绕指柔"。然而,有一种可怕的"勇敢"是多么喜欢跑来充当我们的情人呀!它一旦缠上我们,我们就欣然做稳了它的奴隶——当我们用一种改天换地的豪情拦截一条大江的时候,我们是不是忘了说"勇于不敢"?当我们用一种摧枯拉朽的气势填掉一个湖泊的时候,我们是不是忘了说"勇于不敢"?我们轻易就铲平了一座山、弄脏了千条溪、砍掉了万株树,就这样,"勇敢"劫持了我们的心,让我们变得狰狞起来、乖戾起来。

谁能永远远离自我羞辱的时刻呢?当我们沉湎于一个"短半衰期事件",当我们因为怠惰而不断原谅自己,我们能听到老子那穿越千载的叹息吗?当我们对亲爱者肆意伤害,当我们恬然纵宠自己的恶言恶语,我们能看到老子那悲伤怅憾的眼神吗?

"死而不亡",是劝勉我们"有所为"的;"勇于不敢",是劝诫我们"有所不为"的。亲爱的红尘过客,你能触摸得到老子那两千多年前的心跳吗?

蜚览万物，仿佛初见，仿佛永诀

一个争分夺秒让暗淡生命发光的女孩，一如那棵从天堂飞临人间的树，以竭力生长为己任，以垂荫大地为己任，以酬酢生命为己任。

《布鲁克林有棵树》究竟是一本怎样的书？有人说这是一本"家小说"，有人说这是一本"青春小说"，也有人说这是一本"励志小说"……我以为这些说法都失之偏颇，在我看来，它是一部"生命小说"。

生与死、爱与恨、善与恶、贫与富、忧与喜、空虚与充盈、怯懦与刚强、精神与物质……作者贝蒂·史密斯用她那细腻至极的笔触，为我们精绘出了一帧帧美国20世纪初底层生活的"工笔画"。在这个聚集着各色人等的纽约布鲁克林街区，有的是发绿的分币、发霉的面包、发臭的脚趾、粗俗的叫骂、恣意的吵闹、无聊的嚼舌。在这里，咖啡与肉桂共存，钢琴与算盘同在。这样的生存环境，理应盛产茜茜那样的女人：松着胸衣，不择时地地大施媚功，爱过许多被她一律欣然唤作"约翰"的男人，产下11个死婴，年长色衰之后，因在列车上不遇"咸猪手"而黯然神伤……人是环境的产物，茜茜和布鲁克林的"相称度"

极高。

然而，布鲁克林长出了一棵"喜欢穷人"的树——天堂树。天堂树，是美国人的叫法，我们将它唤作"樗"，老百姓干脆将它唤作"臭椿"了。请想象这样一幅剪影——在一个嘈杂的院子里，租住在三楼的诺兰家十一岁的女孩弗兰西坐在伞状的树下，安静地捧读一本书。"她拿着一本书，守着一碗零食，独自在家，看着树影摇曳，任下午的时光溜走，这是一个小女孩所能达到的化境。"

充当歌唱侍者的父亲约翰尼酷爱体面，他穿熨烫平整的"假衬衣"和"假领子"，他帅气、快乐、慈爱、平庸、酗酒，弗兰西爱父亲胜过爱母亲；充当清洁工的母亲凯蒂"从不笨手笨脚"，她近乎本能地相信"一定有什么东西比钱更大"，她美丽、自尊、理性、内敛、刚强得近乎绝情，她精打细算着过活，在弗兰西的眼中，她对弗兰西的弟弟尼雷爱得更多一些，但弗兰西从母亲身上收获的"精神给养"明显胜过了从父亲那里的所得。弗兰西没有妈妈美丽，也没有爸爸快乐。这个一出生就被贫困穷追不舍的小女孩遭白眼、遭羞辱、遭欺凌，她不愿与人讲话，可内心的声音却汹涌澎湃。她注定成为一棵屡遭砍伐却又顽强生长的"天堂树"。她的生命的源头的源头还站着一个不可忽略的女人——她的外祖母玛丽。玛丽说，改变命运的秘诀就是读书写字。玛丽说，孩子得有想象力，想象力是无价的。玛丽说，苦难也是好事，苦难磨炼人，让人的性格饱满起来。玛丽吩咐自己的女儿凯蒂:每天临睡前给两个孩子读一页《圣经》或莎士比亚,还要将家中辈辈相传的那些老的民间故事讲给两个孩子听……于是,布鲁克林就有了一个怀着走向圣殿般的心情走向"又小又破"的图书馆的幸福万分的女孩,有了一个立志将图书馆藏书从A读到Z的豪情万丈的女孩——"她发誓在有生之年天天读书,一天一本"。从弗兰西万般惊喜地留意到图书馆桌子上"褐色罐子里开着金莲花"的那一刻起,美与幸运就款款向她走来,温柔地拥住了她瘦小单薄的身子。

主动转学的故事,南瓜馅饼的故事,接大圣诞树的故事,与佳恩达老师较劲的故事,初中毕业典礼收到早已去世的父亲的鲜花的故事,隐瞒年龄打工的故事……这些故事合起来,将弗兰西往更高处推,往更好处推。这个初中毕业后被迫暂时辍学然后又跳过高中直升大学的女孩,越来越表现出她在文字方面的天分。被"一天一本书"喂大的女孩,精神闪亮,锐不可当,她将生活劈头砸过来的一个个臭球接得那么漂亮,她给"一切都是最好的安排"这句话做了多么有力而又鲜活的注脚!

生命,不是用来准备死亡的。一个争分夺秒让暗淡生命发光的女孩,一如那棵从天堂飞临人间的树,以竭力生长为己任,以垂荫大地为己任,以酬酢生命为己任。博览群书与接受教育,让弗兰西成功实现了"精神越狱"。她的"逆袭"几乎成为一种必然。一个吸饱知识乳汁的生命,除了飘香,别无选择。

在谈到人该如何看待世间万物时,那个伟大的外祖母玛丽是这样说的——"look at everything always as though you were seeing it either for the first or last time"。请原谅我不采纳译者的句子，而是固执地将其翻译为：辈览万物，仿佛初见，仿佛永诀。那份"满格"的初见般的惊喜与永诀般的顾惜，你，有吗？愿"天堂树"摇曳的树影能幸运地洒你一身一脸，愿你带着那看起来似乎截然相反的美妙感受去爱、去思、去生活。

炫富

他的"美",来自他生命的刚性、韧性与丰厚性——刚性,是受锤的结果;韧性,是受洗的结果;丰厚性,是受诒的结果。

2018年早秋,俞敏洪先生应邀从北京来到唐山。

在唐山市政府礼堂,我全程聆听了俞敏洪先生的报告。

近两个小时的报告听下来,印象最深的,当属他的"炫富"。

从一个贫穷的农家子弟到跻身中国"富人圈",回望自己的来路,俞敏洪说他要感谢儿时父母为他立下的那些规矩。他整个少年时期都彻底承包了一项家务——扫地。每天早晨起床后,不论时间多么紧张,他都要先把家里的地扫干净,然后再去上学。1980年,他在连续复读两年之后如愿以偿地考入了北京大学。在大学宿舍,只要一看见扫把,他就会"手痒"——勤劳,就是俞敏洪的第一大财富!热爱扫地的"童子功",助他收获了一茬又一茬的"好感",而这些"好感",助他摘取了一颗又一颗星星。如果说他后来终于大喜过望地发现了自己具有"领袖潜质",那么,毫无疑问,这"领袖潜质"的源头,就是戳在江阴农家小院里的那把不起眼的扫把。

俞敏洪所炫出的第二大财富是读书。他说，他一年要读100本书，而这100本书大致都是在车上读的。"我从北京来唐山的途中，就读了半本书。老天非常偏爱我，我在车中读书，从来不知头晕是怎么一回事儿。"他得意地说。

俞敏洪是条不折不扣的"书虫"。他将读书分成了三大类——"悟读、精读、泛读"；他说读书可予人三样东西——"情怀、胸怀、气质"。

有了大量的"输入"垫底儿，"输出"就成了顺理成章的事。所以，俞敏洪又炫出了他的第三大财富——写书！他给自己立下的规矩是"每年写一部书"。在俞敏洪看来，"写作是你对阅读到的东西、经历过的事情重新思考的过程，如果只是单纯地想，对这件事的思考是不完整的，一落笔就完整了，所以要落笔去写"。

炫完了自己的富，俞敏洪又开始炫儿女的"富"。

他说他女儿参加一个夏令营，连续划了7个小时的独木舟。回到家，两只手打满了血泡。女儿把自己关在房间里，整整哭了3个小时。但是，这样的经历使女儿获得了一种可贵的"精神免疫"，她由此懂得了全力以赴和挑战不可能的真正含义。

俞敏洪谈到带女儿滑雪、骑马，在海边陪她欣赏"海上明月共潮生"，脸上满是掩饰不住的喜悦；在谈到带女儿去青海、云南的贫困地区体验生活，脸上满是掩饰不住的自豪。

是的，他的"富养女儿"，就是让女儿遍尝生活滋味，而不是愚蠢地将她塞进蜜罐里。

接下来，轮到俞敏洪炫儿子的"富"了。他讲了这样一个小故事——儿子第一次开口向他要一部iPad时，他给儿子开出了条件："如果你能够读完20本书，并能够将书中的主要内容向我复述一遍，那么我就满足你的愿望。"结果，儿子的回答让他大吃一惊："那我就不要iPad了！"很显然，儿子对读书有极大的畏难情绪。

俞敏洪没有恼怒，更没有放弃，而是继续耐心培养儿子对书籍的兴趣——用身教，用言传，直到儿子真正过上了离不开书籍的生活。

最后，俞敏洪自信满满地说："如果将我现在拥有的一切财富收走，我照样能活得美！"

我想，他的"美"，来自他生命的刚性、韧性与丰厚性——刚性，是受锤的结果；韧性，是受洗的结果；丰厚性，是受诒的结果。

你看，这个有着"中国留学教父"之称的"新东方"创始人，这个把一双儿女都培养成了自己想要的模样的智慧父亲，他所炫的"富"，是高端的"富"，是高级的"富"，是金钱买不来的"富"，是与金钱相关度极低、而与"内修"相关度极高的"富"啊……

藏在木桩中的椅子

在尘世间,"创造"这东西永是最迷人的。

那天,我正看一个挑战类的电视节目。当一个叫卡尔布的德国人登场的时候,我丢掉了手里的家务。

那是个大块头的家伙,拎着一把红色的电锯,慢吞吞地出场了。他要表演的是,用不超过150秒钟的时间,将一截木桩制作成一个可以承受他自身重量的小椅子。

木桩是普通的木桩,跟扔在我家后院的一截截木桩没啥两样。

我看见卡尔布将木桩竖了起来,然后朝主持人晃了一下电锯,示意准备停当。于是,计时开始。

卡尔布娴熟地使用着电锯,笨重的身体一点也不妨碍他灵活的手。电锯与木桩亲密接触,嗡嗡的响声中,被淘汰的边角料一块块应声坠地。一时间,我根本看不出卡尔布究竟是在做椅子的哪一部分,只看懂了屏幕左下角的电子计时器在不停地跳字。两个主持人忘记了解说,只管前倾了身子、张大了嘴巴,呆呆地看着卡尔布的精彩表演。到了后来,连边角料都看不到掉下来了，卡尔布的电锯用它自己才能听懂的语言说着轻重深浅。在我眼中，卡尔布不像是在做木匠活，倒像是在进行一场"行为艺术秀"。

观众一声欢呼！卡尔布从木桩的顶端拿出了一个精致的小椅子——用时仅仅95秒钟！

卡尔布得意地将那个靠背带有镂空饰花的小椅子放在地上，然后，单脚悬空站了上去。演播大厅又是一片欢呼。

我多么喜爱那个瞬间诞生的迷你椅子啊！我设想着如果把它稍稍打磨一下，刷上清漆，上面再安放一个花儿一样的孩童，那将是一件多么美妙的事情！

不由得想到我国宋代那个画竹高手文与可，他画竹的秘诀是，先让竹子在胸中长出个样儿来，再按那胸中的样儿将竹子搬到纸上。我想，对卡尔布而言，又何尝不是先在胸中制成了一把现成的椅子呢？那个小椅子原本就是藏在木桩里了，卡尔布只是花费了95秒钟的时间，将它从木桩中"找"了出来。

在尘世间，"创造"这东西永是最迷人的。颖慧的心，灵巧的手，常能对凡庸的事物做出非凡的解读。没看卡尔布表演前，我只会将我家后院的木桩叫作木桩，它们呆头呆脑，只不过是木头一截、一截木头；看了卡尔布表演之后，我看那些木桩时的眼神竟倏地变了！我设想那庸常的木桩里面正藏着一批精美的迷你椅子，只待一把富有灵性的电锯一声轻唤，它们即会列队翩然而出！

其实，又何止是木桩呢？被我们凡庸的眼与心怠慢了的事物尚有很多很多吧？山水里藏着画意，四季里藏着诗情，有谁，愿意带着激情将这旷古的画意与诗情从混沌的背景中解救出来，让它们以一种无比美好的姿态，恒久地存活于喧阗人间！

惊喜力

越是肯对微不足道、司空见惯的事物奉献惊喜力，越有可能将自我修炼成一处绝佳的"精神风景"。

这个词是我"自造"的——惊喜力。

我以为，"惊喜"确乎是一种能力，一种值得夸耀的能力。

我学校有一句人人皆知的口号："让生命的相遇充满惊喜。"惊喜，是一种喜出望外的欢悦——感谢相遇，感谢上天安排你我走进对方的生命里。网友说，人生不过四亿次眨眼，在这匆遽的一生当中，有缘的人来到同一所校园，在同一个屋檐下厮守数年，每天彼此相守的时间，远远超过了与最亲密的人相守的时间，这是几世修来的缘分！

仿佛一夜之间，纳兰容若的一句诗就火遍了全国——"人生若只如初见"。我的学生在适宜的地方引用它，在不适宜的地方也引用它。他们未必知晓这诗句后面的"等闲变却故人心"的苍凉悲吟，只管在惊鸿一瞥、电光石火的定格中忘情啜饮"初见"的琼浆……

一见倾情的"惊喜力"，好比露水，往往禁不起朝阳的热吻。

想那散文家苇岸,在1998年突然动了一个奇怪的心思——为古老的二十四节气造像!他在自己居所附近的田野上选择一个固定点,在每一个节气日的上午九点钟,观察,拍照,记录,最后形成一段文字。他在《惊蛰》中写道:"'惊蛰',两个汉字并列一起,即神奇地构成了生动的画面和无穷的故事。你可以遐想:在远方一声初始的雷鸣中,万千沉睡的幽暗生灵被唤醒了,它们睁开惺忪的双眼,不约而同,向圣贤一样的太阳敞开了各自的门户……"在苇岸眼中,世界,永远是刚刚"启封"的样子,人间纵然经历了千万次"惊蛰",他依然雀跃地将眼前的这个"惊蛰"视为鲜媚无比的新娘。

——惊于惊蛰,蛰雷未曾在天空炸响,已然在心空炸响。这等惊喜力,委实令人叹服。

看过一个视频,拍的是宝宝初次冲进雨中的情景。她惊讶,她欢喜,她旋转,她癫狂。她仰着小脸承接那雨丝,欢悦得如同一头撒欢儿的小兽。我想,当这个小生命长大,当她在凄风苦雨中独自擎伞赶路,那视频中的画面,还会在她脑海中浮现吗?

当惊喜力被成熟的理性所睥睨,它便会羞赧地逃遁。

有人说:"熟悉的地方没有风景。"熟悉的地方不是没有风景,而是眸子生了锈,不肯再将风景视为风景。入秋,我通过微信发了一组"秋林盛开"的红叶图,有个旅游成性的微友看了,惊呼道:"周末你去北京香山了?"我回:"没有。我去的地方,距贵府不足百米。"我能猜到他看到这条回复后的表情——惊中有疑，疑中有鄙。襟袖之间的风景，是打了折的风景。太容易亲近了，反丧失了亲近的欲望。

在我看来，越是肯对微不足道、司空见惯的事物奉献惊喜力，越有可能将自我修炼成一处绝佳的"精神风景"。

究竟谁能说得清楚，那个叫"磨损"的词，生着何等的利齿？它针尖挑土般，一点点偷走"初见"的惊喜，让鲜润的不再鲜润，让颓败的愈加颓败。与"磨损"进行的拉锯战，几乎要伴随我们整整一生。

我讲课时多次提到张中行先生的一件小事。张中行先生九十岁时，得到一块心爱的砚台，他长久地抚摩它，神情快乐得如同进入了天堂。当朋友来探望他，他会慷慨地将爱物示人，拿起人家的手，放到那砚台上，和人家一道抚摩。"你好好摸摸，手感多么滋润啊！"他这样说。爱得动一方砚台的心，依然是一颗蓬勃的少年心。

爱着爱着就厌了，飞着飞着就倦了，这是多么雷同的生命体验。惊喜力就是赶来拯救厌倦的心灵的。初次淋雨的幼儿，初次相望的眼眸，这些"初次"当中有你吗？"初次"之后呢？惊蛰惊醒你了吗？红叶染红你了吗？有那么一个人，经了七十七回梅开，再看时，依然难掩初见般的惊喜，恨不得在每一树盛开的梅花底下都放置一个"我"，纵宠自己看个够、看个饱——"何方可化身千亿，一树梅前一放翁？"陆游七十八岁时那"满格"的惊喜力，你有吗？

一颗心路过一张纸

我多喜欢看杨莽像水滴释放涟漪一样从容释放他的诗心,我多喜欢听杨莽像百灵说解春天一样娓娓说解他的情怀!

因为喜欢精美别致的句子,所以做了语文老师;因为做了语文老师,所以越发喜欢精美别致的句子。

我教过一个锦心绣口的学生,名叫杨莽,他特别善于驱遣驾驭汉语言文字。判他的作文的时候,我总声称自己"不舍卒读"——舍不得一口气读完,就像吃最可口的东西,忍不住要省着吃,细细品味并努力延长那美妙无比的滋味。

杨莽是这样描摹春天的:"春天,点亮了花朵,唤醒了蜂蝶,打痛了百灵。"

杨莽是这样描写水滴的:"一滴水,落在平静的湖面。湖水说,痒——"

噢,原来,"痛"和"痒"还可以这样用!我好崇拜我卓异不凡的弟子!

类似这样的句子,杨莽几乎是可以批量生产的。而身为语文教师的我,就在这样的句子面前幸福地沉迷。我痴痴地想,那被杨莽捏在手里的，该是怎样一支灵秀的笔呀！它把百灵的鸣啭说成是因遭到春光的猛然击打而发出的娇啼；它从一滴水碰触到镜面般的湖水的那一刹那感到了一阵阵痒意。我多喜欢看杨莽像水滴释放涟漪一样从容释放他的诗心，我多喜欢听杨莽像百灵说解春天一样娓娓说解他的情怀！我总是不忍独享杨莽这些精美别致的句子，激动不已地高声诵读给办公室里的同人们听，直听得语文老师们齐声欢叫起来。

我把杨莽的诗拿给自己写诗的丈夫看。他看后很黯然，幽幽地说："你必须承认这世界上有天才。"他留下了杨莽的几首诗，说是要帮忙寄给全国顶级的诗歌刊物《诗刊》。没想到，《诗刊》竟很快就刊发了杨莽的几首玲珑小诗。于是，我和几个和我一样热爱着汉语言文字的语文老师越发坚定不移地充当起了杨莽的铁杆"粉丝"。

杨莽要高考了。我破天荒地鼓励他用诗歌写作文。

他写了，并且获得了骄人的高分。但是，因他只有语文单科成绩突出而其余四科成绩平平落榜了……

多少年过去了，我一直不能忘怀杨莽和杨莽笔下的文字。我在课堂上拿出他的诗做范例，直听得他的学弟学妹们惊叹不已。但后来，我得到了一个确切的消息，说杨莽做着一份远离诗歌的体力活儿，薪水低得可怜。

我好心疼那颗诗心，好担忧粗糙的日子会磨损了那美丽的情怀，好害怕那支被缪斯深情地亲吻过的笔会落满尘埃。我有一个痴望，愿尘世中的人们在遇到那支敏感灵秀的笔时不要轻慢，不要忽略，认出它，珍惜它，让它依然保有用精美别致的语言说出自己内心痛痒的兴致，让它爱着，兴奋着，开出属于自己也属于世界的无可替代的花。

2006年全国卷Ⅰ高考语文试卷的作文题目是这样的：

一只老鹰从鹫峰上俯冲下来，将一只小羊抓走了。一只乌鸦看见了，非常羡慕，心想：要是我也有这样的本领该多好啊！于是乌鸦模仿老鹰的俯冲姿势拼命练习。一天，乌鸦觉得自己练得很棒了，便哇哇地从树上猛冲下来，扑到一只山羊的背上，想抓住山羊往上飞，可是它的身子太轻，爪子又被羊毛缠住，无论怎样拍打翅膀也飞不起来，结果被牧羊人抓住了。牧羊人的孩子见了，问这是一只什么鸟，牧羊人说："这是一只忘记了自己叫什么的鸟。"孩子摸着乌鸦的羽毛说："它也很可爱啊！"要求全面理解材料，选择一个侧面、一个角度构思作文。

通过媒体，我读到了许多文采飞扬的满分作文。但是，网上贴出的一篇并非满分的作文却深深触动了我的心。

那篇作文的内容大致是这样的——数学老师要上公开课了，同学们既紧张又兴奋，"我"自然也不例外，虽说我平日数学成绩欠佳，但学好数学的愿望却十分强烈。然而，我做梦都没有想到，老师上公开课那天，竟然把我和班上另外两名数学成绩差的同学临时"寄存"到别的班去了，而那个班的三名数学成绩好的同学则被"交换"到了我的班里，给数学老师"撑门面"去了。

整整一节课的时间,我几乎把脑袋扎进了抽斗里,感觉这个陌生班级里的所有男女同学都在用鄙夷的目光注视着我,一时间,我觉得天昏了,地暗了,世界倾覆了……我想对我的数学老师说:"老师,我知道,在您的眼里,那被您借过去的三个同学一定是可以轻易抓住羊的'鹰',而我和另外两个被您剔除的同学当然是无力抓住羊的'乌鸦'。可我们也有一颗不愿服输的心啊!您看,我们的'俯冲'不是练得挺好了吗?尽管我们去抓羊的时候,爪子缠上了羊毛,徒然给世人留下了笑柄,但是,亲爱的老师,我多么盼望着您能具有那个牧羊人孩子的胸襟与情怀啊!当我溃败时,当我黯然时,您如果能说一句'他也很可爱啊',我定然会把这金子般的语言紧紧地揣进怀里,让它成为我自强不息、奋勇前行的恒久动力……"

我被忧伤而善言的小作者征服了。我相信他写的是一个真实的故事,唯其如此,我的一颗心才被揪得这般疼痛啊!我不知道有谁能通过怎样的努力才能将这个孩子从被"寄存"到陌生的课堂上这桩痛苦的事件中彻底解救出来,巨大的阴影,像凶残的鹰追击无辜的羊一样无情地追击着可怜的孩子,让他无可逃遁。

如果你是一名教师,如果你的课堂上冒出了一只任凭怎样努力都捉不住羊的乌鸦,你能不能用欣赏的口吻说一句"他也很可爱啊"?

一颗心,路过一张纸,欣然卸下了自己的欢喜或忧伤,看见的人应当珍视,也应当认真地想一想,该怎样赋予那善感的心更多歌唱而不是悲吟的理由?

第五辑

愿生命恬淡如湖水

不期然的美丽最容易攫住倾慕美的心。明白了这一点，你就不会怪我何以屡屡被目的地以外的美丽羁绊住了前行的脚步。人生在世，"目的"固然重要，但有暇"分心旁顾"，且于这"分心旁顾"中更爱了这不断给予我们苦痛更不断给予我们惊喜的人间，这，也算得上是不浅的福分了吧？

畏惧美丽

畏惧源于喜爱，却又超越了喜爱。

我说得清自己是在哪一天走向成熟的。因为打从那天起我开始畏惧美丽。

我会站在一朵美艳绝伦的鲜花面前呆呆地看上一个时辰，心中涌动一股比爱深较妒淡的说不清道不明的热辣辣的感觉。台湾诗人余光中说他看那"艳不可近，纯不可渎"的宫粉羊蹄甲花时，总是要看到"绝望"才肯离去。老先生笔下这惊心动魄的"绝望"二字，真让我共鸣得几乎要掉泪了。美丽的花朵，对善良的心灵有着一种无可抗拒的威慑力。它召唤着你却不轻许你，谢绝了你却不惹恼你。它让你在它的光辉里沐浴，又让你染着它的清香一步一回头地离开。高尚的手永远是临花轻颤的手。摘走鲜花的人在倾覆美丽的同时也倾覆了他自己。

我会畏惧一双美丽的眼睛，不管是同性的眼睛还是异性的眼睛，只要它是用美丽注释的。美丽的眼睛照耀着我。那是一些令我即则怯，离又悔，不即不离不甘心的眼睛。在我贫瘠的记忆里，流失了那么多人的姓名，却存活着一双双美丽的眼睛。它们或默默凝睇，或顾盼流转，一律真真切切投在我温柔的心幕上——这时，也只有这时，我才有勇气与它们对视。我知道我漏听了太多心灵的语言，只能在日后凭想象将它们一一补齐。可我却无怨，只把这看成一种玩不厌的游戏。

我会畏惧一篇精彩的文字。每每于墨香中翻开一本新杂志，在目录上看到某个熟悉的名字（这名字往往是和一篇篇美文连在一起的），我总是不敢一下子找到相应的页码，生怕脆弱的心禁不起那美丽的惊吓和打击。我会把那不相干的文章慢慢读完，然后心里便开始发热发冷，发虚发酸，终于英勇地翻开那躲不过的一页，飞快地浏览一遍，以便让畏惧稍稍减淡，之后，再回过头来细细咀嚼赏鉴——那些勾魂摄魄的令我永志不忘的文字哟！它们是从一支什么样的笔下流出来的？它们的诞生是艰难还是顺利？这些，永远是我愿意猜测的问题。敏感而痴迷的心，久久久久走不出美文的枝枝杈杈丝丝脉脉，待到不得不收复自己的时候，我发现，我已是支离破碎。

……畏惧源于喜爱，却又超越了喜爱。喜爱里往往包含了一种不知深浅的亲昵与轻狎，而畏惧才是真正的怜惜与恭敬。"美丽"慷慨地点缀了我们短暂寂寞的人生之旅，我们一俯首即可采撷到美丽，一回眸就能目睹美丽。美丽是这样无私地洗濯我们照耀我们拯救我们，我们怎不该小心翼翼地去护爱着它呢？

畏惧美丽，是我最美丽的人生体验。

耽于美丽

差不多总是这样的，耽于途中的美丽，听任这颗心一次次用"路过"的潮水跋扈地漫过了"到达"的堤岸。

那天去晨练，发现公园里的芍药开了。原本设计的跑步线路是经芍药园，穿竹林，绕烟雨湖跑两圈。但是，一颗心，硬是让那盛开的芍药给粘住了。便跟自己谈判道：围芍药园跑10圈，差不多也抵得上绕烟雨湖跑两圈了——就这么着吧！可是，跑起来的时候，却一眼一眼地看着那灼灼的芍药，心空落英般飘飞着诸如"庭前芍药妖无格""芍药承春宠，何曾羡牡丹"之类的诗句，意乱情迷得再也顾不得去记取究竟跑到第几圈了。

差不多总是这样的，耽于途中的美丽，听任这颗心一次次用"路过"的潮水跋扈地漫过了"到达"的堤岸。那一年游长白山，在去往天池的路上，为了拍摄一幅理想的不畏寒苦的"牛皮杜鹃"，我掉了队，颇费了一番周折才与导游联系上。见面后那女孩劈头就冲我嚷道："一个破牛皮杜鹃有啥好照的！天池才是今天的精华景点知道不？"

也想过不由分说地掠夺了这途中无谓的盘桓。毕竟，心已然暗许给了远方。但是，当我被一支无意击中我的箭镞猝然击中，倾倒，成了我唯一的选择。

几乎从停下来的那一刻起就明白了"离去"将是下一刻的主题。忧伤攫住我，唤醒我生命初始关于服药的记忆——他们为我灌一勺蜜汁，灌一勺汤药，再灌一勺蜜汁，再灌一勺汤药。当我停在偷来的风景里，蜜汁与汤药，轮番袭扰了我善感的心怀。

只是我说不清楚，自己为什么竟会不可救药地迷恋上了这袭扰。

说起来，我应该算是个"目的地"的信徒吧，并且，我一心向往着过极度理性的生活，特别欣赏自己目视前方心无旁骛昂首前行的样子。然而，我身体里隐匿着另一个可怕的我，这个"我"的拿手好戏就是纵宠那颗抛弃了目的、违逆了理性、执拗地耽于美丽的心啊！

"美丽呀，倒影在心房；美丽呀，泪珠挂腮上；美丽呀，花儿吐芬芳；美丽呀，你让我慌张……"真喜欢陈数演唱的这首《美丽》。沉溺的心，有时竟会莫名地跟着那"慌张"慌张起来。

"美是邂逅所得。"这话是川端康成说的。我曾诵经般一遍遍地默诵这个句子，喜欢到心痛。那天走进一个语文教师的课堂，恰好讲到了这个句子，我突然脸热心跳，仿佛是被教室里所有的人倏然窥破了心底的秘密。语文老师引导学生赏析这个句子，只见他循循善诱地向大家发问道："同学们，你们有过'美是邂逅所得'这样的人生体验没有？"大家面面相觑，没有一个人举手回答。我坐在这些阅历尚浅的孩子中间，无意去怨责他们对美的盲视，只是在心中悄然回答了老师所提出的问题。

一样东西，只有入了心，才能真正入眼，要不怎会有视而不见、熟视无睹这样的说法呢？而能入心入眼的东西，一定是因为那心与眼虚位以待良久了吧？邂逅美丽，其实是邂逅了热爱美丽的自己。

不期然的美丽最容易攫住倾慕美的心。明白了这一点，你就不会怪我何以屡屡被目的地以外的美丽羁绊住了前行的脚步。人生在世，"目的"固然重要，但有暇"分心旁顾"，且于这"分心旁顾"中更爱了这不断给予我们苦痛更不断给予我们惊喜的人间，这，也算得上是不浅的福分了吧？

因为害怕辜负，所以耽于美丽。当我怀着甜蜜的忧伤在自己的"邂逅所得"前忘情流连，你愿不愿意和我并肩而立，让夕阳拉长我们的身影，让花香安妥我们的心绪，让我们微笑着，将这殷勤赶来与我们生命相约的美丽尽收眼底……

吸进来，呼出去

让每一寸肌肤都在这一纳一吐间得到荡涤，每一个念头都在这一纳一吐间得到洗礼。

"吸进来，呼出去"，这六个字，是我在一座寺院迎门的颓壁上读到的，无意间一抬眼，不知为何，这个藏在满墙文字汪洋中的句子竟自己浮凸出来，要我认出它。仿佛被久候的人轻轻地拍了一下肩膀，心一动——噢，你终是来了。薄薄的欢喜，登时掠过忧伤的心堤，是一种松绑的感觉。然而，我却不曾滞留，目光挪开的当儿，脚步已然随着众人走远。

春光正好。游寺院的时候，心里一直默诵着那六个字——"吸进来，呼出去"。默诵"吸进来"的时候，当真就在吸进来；默诵"呼出去"的时候，当真就在呼出去。发现自己默诵得越来越舒缓时，知道自己是在做着深呼吸了。

香烟缭绕。耳畔是木鱼与诵经的寂寂长音。

那么多人"呼"地拥到了一个花池前，指着花池里几株扭曲丑陋的植物争论着这究竟是什么花。那植物刚刚冒芽，一簇簇褐色的叶尖在枝头紧紧抱住自己，还没有舒展开来的意思。——

是呢，这到底是什么花呢？这时候，一位老者走过来，指着一簇褐色叶子的中央说："看这里——"我凑过去，仔细端详他指着的地方。原来，那叶子中央隐藏着一个极小的花苞！"是牡丹啊！"老者说，"这一株，是白色的；这一株呢，是红色的；这一株最名贵，是紫色的，名叫'紫二乔'。"

大家听罢几乎齐声叹起气来——叹自己早来了一步，没看到牡丹花开。我被这沮丧的叹息洪流裹挟着，差不多也要跟着叹息了。但是，我很快让自己止住，俯身对着那尚处于"婴儿"阶段的花与叶，做深呼吸。

若不是那老者相告，我怎么也想象不出那一截截柴火般干枯粗糙的枝干正酝酿着一场无限华美的盛开。眼下，它还没有准备停当，但它绝不是存心让我错过它的花期。我本不是为着它而来，我没有理由要求它为我提前开放。我愿意为不久后的那个日子付出一些美丽的猜想，并且愿意听凭这美丽的猜想熏香我的每一缕情思。

已经很好了——在这几株牡丹花前，吸进来邂逅的欣悦，呼出去错过的懊恼。

许多时候，我是在颠倒的状况下呼吸的——吸进来不当吸的，呼出去不当呼的。谬误的呼吸，弄乱了自己的心。曾经嘲笑过在烂泥塘中扑腾的鸭子，只隔了一道水坝，那边就是倒映了蓝天绿柳的清水池塘，傻傻的鸭子，却不懂得"弃暗投明"的道理，只管执着一念地在烂泥塘里把自己越洗越脏。"那边多好啊！"我跟鸭子们说，一心巴望着它们能听懂并领受我的美意，毅然转身，头也不回地奔赴清水池塘。但是，它们辜负了我。而我，又是谁眼中傻傻的鸭子呢？当我执着一念地在烂泥塘里把自己越洗越脏的时候，我正辜负着谁？我吸不进清爽，呼不出污浊，胸中淤塞了那么多的不快，我的倒映了蓝天绿柳的清水池塘究竟在哪里？

也有过堪慰心怀的呼吸。却难做到心地清明，了无挂碍。呼吸的通道太逼仄了，不晓得三万六千个毛孔原是都可以成为吐纳之器的——纳天地精华，吐凡俗浊气，纳就纳得充分，吐就吐得彻底，让每一寸肌肤都在这一纳一吐间得到荡涤，每一个念头都在这一纳一吐间得到洗礼。

吸进来，是一次重生；呼出去，是一次涅槃。

伫立于春光中，我痴痴地想：在牡丹盛开的时日与它相遇是可堪艳羡的，误认了牡丹且忽略了牡丹花苞是可堪叹惋的，错过了牡丹的盛开却幸运地认出了它且能够在一个真实的花苞上揣想它倾国倾城的容颜是可堪玩味的。至于我，默诵着一个一见面就牢牢跟定我的句子，在看似枯败的牡丹花茎前想着明艳的心事，不怨艾，不懊恼，一如那些初生的牡丹花叶，紧紧抱住自己雍容的愿望，等待一场必然的绽放与飞翔——这是我清贫生命中一个多么奢华的时刻！

游罢寺院，众人的脚步开始把我往外带。走到那面颓壁跟前，我站住了。这回，却是想让刚刚苦心教会了我呼吸的那个句子看清这朵俗世之花一次不寻常的美丽颤动——吸进来，呼出去。

　　此刻，那个句子在满墙文字的汪洋中浮凸得愈分明了。"只有真正需要我的人才能认出我。"我听到它在说着这样的话。我颔首。内心充溢着独得的隐秘欢悦——在春天之外，我又意外地获赠了一个春天。

愿生命恬淡如湖水

目的本是引领你前行的，如果将目的做成沙袋捆缚在身上，每前进一步，巨大的牵累与莫名的恐惧就赶来羁绊你的手脚。

睿智的庄子给我们留下一个发人深省的故事，一个博弈者用瓦盆做赌注，他的技艺可以发挥得淋漓尽致；而他拿黄金做赌注，则大失水准。庄子对此的定义是"外重者内拙"。

由于做事过度用力和意念过于集中，反而将平素可以轻松完成的事情搞糟了。现代医学称之为"目的颤抖"。

太想纫好针的手在颤抖，太想踢进球的脚在颤抖。华伦达原本有着一双在钢索上如履平地的脚，但是，过分求胜之心硬是使这双脚失去了平衡——那著名的"华伦达心态"以华伦达的失足殒命而被赋予了一种沉重的内涵。

人生岂能无目的？然而，目的本是引领你前行的，如果将目的做成沙袋捆缚在身上，每前进一步，巨大的牵累与莫名的恐惧就赶来羁绊你的手脚，如此，你将如何约见那个成功的自我？

"目的颤抖"是因为心在颤抖。心台太低，远处的胜景便不幸为荒草杂树所遮蔽，平庸的眼，注定无福饱览那绝世的秀色。

而太在乎了，太看重了，其结果，则恐惧蛀蚀了勇敢，失败吞噬了成功。

"大体则有，其体则无"，把目光放得远一些，让生命恬淡成一泓波澜不惊的湖水，告诉自己：水穷之处待云起，危崖旁侧觅坦途。

那朵叫"优雅"的花

举重若轻,当然称得上是一种大家风范,但如果它不曾经由"举轻若重"这条必由之路,它的姿态就是值得怀疑的。

在冰场,听一个溜冰爱好者谈"优雅"——

我特别爱听人家夸我溜冰溜得优雅,我以为那是给一个溜冰者的最高赞赏。刚开始学溜冰的时候,我就朝着心中的这个目标努力,可却总觉得力不从心。后来,我的教练跟我说:"你溜得太'飘',不要以为'飘'就等于优雅。你看到那些树了没?一阵风来,枝飞叶舞煞是好看,那是因为它的根深埋在地下;要想把冰溜得优雅,就必须先学会让冰刀深深刻进冰里——要不咋有'深刻'这个词呢,那可是特为咱溜冰运动员预备的!深刻是根,优雅是树,无根的树摇摆起来叫个啥?叫挣扎!你刚学习溜冰,别怕自己用力的时候样子丑,别刻意摆出临风飘举的姿势,让冰刀可劲往冰里吃,只有这样,你才能逐渐接近真正的优雅。"我认真按照教练所说的去做,不再盲目追求那种无根的优雅……现在,我终于溜得像些样子了,有时看着冰面上一道道不浅的划痕,我就想,那才是托举起"优雅"的手臂哩……

可不是吗，所有的优雅都是从不优雅出发的——支撑起如梦如幻的芭蕾舞姿的，是足尖上钻心的痛点，每一个出色的芭蕾舞演员都有着两个丑陋畸形的大脚趾；许多令人着迷的以朴素著称的文学作品，全都是繁华凋尽后的精妙与高雅；任何一只被人们唤作"成功"的果子，都不可能省略掉必要的苦涩，裹着天赐的蜜汁翩然飞上你理想的枝头……举重若轻，当然称得上是一种大家风范，但如果它不曾经由"举轻若重"这条必由之路，它的姿态就是值得怀疑的。有时候，这个世界公平得叫人吃惊——你看，它制作出了一朵朵叫作"优雅"的花，却单单供那些敢于先牺牲掉优雅的人采摘。你一定要不惜用痛感和丑态、汗水和血水做祭品，这才能迎来你虔心期盼的美丽花开。不要嘲笑每一个用力做事的人，不要轻易把"蠢笨"这顶荆冠戴到别人的头上。相信吧，当我们拾级走过那些由太多太多的贬义词垒砌而成的台阶之后，我们终会撷来一枝芳香四溢的褒义的鲜花。

不优雅的人万岁。

另一个生命,是我最大的支柱

海参在遭遇强敌时,会将全部内脏喷射出去!强敌误以为眼前这个小东西瞬间土崩瓦解了,便欣然吞食了海参内脏,心满意足地游走了。

朋友玉江发来刘冰的一个精彩演讲视频,是讲非洲植物的。

在讲到在恶劣的生存环境中如何自保时,刘冰举出了"金合欢"树的例子。

他说,非洲的稀树草原上生长的金合欢树,与我们常见的合欢树是"亲戚"。在干旱少雨的非洲,它们要长成一棵树,本就千难万难,还要时刻提防成为食草动物的腹中餐。

为了让自己在残酷的环境中生存下来,金合欢想出了两个办法:一是自我矮化,减少养分消耗;二是浑身长刺,确保自己这盘菜难以下咽。

天天跟合欢树打照面的我,第一次看到这种"刺猬合欢",不由得惊叫连连。

我想到了海参。

海参通体是刺,但它的刺却柔软至极,不具备丝毫御敌功能。我一度认为,海参,简直活成了海洋深处的一截"黑香肠"。

直到我在海边听捞海参的老渔民讲了海参有多"不好惹"，我才彻底改变了对这截"黑香肠"的看法。

原来，海参在遭遇强敌时，会将全部内脏喷射出去！强敌误以为眼前这个小东西瞬间土崩瓦解了，便欣然吞食了海参内脏，心满意足地游走了。

舍弃了内脏的"空壳海参"大难不死，两天之后，一副全新的内脏便在它的体内完美生成。

面对"刺猬合欢"，面对"空壳海参"，我不知该说什么。早年为学生布置过的一个作文题目此刻清晰地跳到眼前——另一个生命，是我最大的支柱。

感恩一杯水

虽说她不懂得教育,但她是她那个领域里身怀绝技的高手,她美好的劳动,让一个人在处理案头烦琐的工作时得到了一种实实在在的关照与抚慰。

  约一个家长来我办公室,共同探讨对一个"问题男孩"的教育问题。

  谈话效果不是很理想。那个母亲似乎对教育孩子一窍不通。当我说到"对孩子的不良行为应该给予及时、正确疏导"的时候,她说:"我也打他啊!不顶事的。唉!"她对我诉苦说,她工作特别忙,没时间管孩子。我说:"假如你今天没时间教育孩子,你明天准有时间悔恨。"

  我跟她讲了不少教育孩子的方法,却沮丧地发现她听得并不十分专心,只管盯着我喝水的杯子看啊看的。——这个"问题妈妈"啊!

  聊着聊着,她说她得走了,因为她只请了一个钟头的假——她们厂子里管得很严的。我只好无奈地起身送客。

  她却没有朝门的方向走,而是径直走到了我的办公桌前。

带着几分得意,她指着我的喝水的陶瓷杯子说:"你这杯子上的花,是我贴的呢!"

我吓了一跳。冲口问道:"你怎么知道的?"

她连珠炮般地说道:"你这个杯子,是你们校庆的纪念杯,骨质瓷的,特点是细腻如美玉、轻薄如蝉翼。这上面'感恩一杯水'5个字是我们副厂长亲自写的——他是个书法家呢!为了保证质量,厂长要选厂子最优秀的贴花女工给你们的杯子贴花。——那还能选谁呢?只有选我了!"

她毫不羞涩地自夸着,脸上堆着灿烂的笑。

我心头突然一热,激动地握住了这位贴花女工的手——好一双绵软、修长的手,是为了贴花而生的吧?

送走了贴花女工,我坐回到办公桌前,拿起我泡了香茶的杯子认真端详起来。

"细腻如美玉,轻薄如蝉翼",说得多好!再看看这杯身上典雅的兰花,一触手就摸到了春天的感觉啊!这样的美器置于案头,我怎么就仅仅将它看成了一个盛水的物件呢?感谢那个贴花女工,她借给了我一双慧眼,让我通过她的眼睛读出了潜藏在一件寻常器物上的美;更重要的一点在于,她为我上了生动的一课,她让我明白,我每天赖以滋润生命的"一杯水"与一个贴花女工有着密切的关联。虽说她不懂得教育,但她是她那个领域里身怀绝技的高手,她美好的劳动,让一个人在处理案头烦琐的工作时得到了一种实实在在的关照与抚慰,我有什么理由再去过多地责怪她对我所从事的事业知之甚少？又有什么理由不在得到了她美好的给予之后诚挚地俯下身子，用我自己的所长去悉心关爱她交付给我的那个男孩呢？

感恩一杯水。那杯中盛着的是天赐的琼浆，也是生活的禅语。

盘扣子

我毫不吝惜地赞美母亲的作品，毫不掩饰地表达想要更多扣子的愿望。母亲则因为帮我做了我无力做成的事而开心了整整一天。

我在审视母亲走过的人生轨迹时，发现它是枣核形的——起初，母亲的世界在南旺村那个狭小的院子里；后来她的世界延伸到了晋州文化馆；再后来，她的世界竟然还曾延伸到了椰风海韵的湛江……然而，大约十年前，母亲的枣核开始悲凉地收拢，慢慢走向比先前那一端更逼仄的另一端。随着母亲的膝关节炎的加重，她的世界从县城，缩小到西关，再缩小到院落、房间……

母亲越来越离不开人了。有时候，弟弟弟妹出去片刻，她都会惊慌不已。她心中藏着一种尖锐的怕，就算她不说，我们也猜得透。

这次回家，我问母亲："妈，你可还记得怎样盘那种蒜疙瘩扣吗？"

母亲黯然道："记性越来越差，怕是早忘啦。"

我便找出事先备好的各色丝绳，递与她。

母亲背光坐着，喜爱地摩挲着那些丝绳，慢慢拈起一根，不太自信地将两头搭在一起,又慌张地扯开。

我鼓励她说:"妈,你还记得我那件玫红色法兰绒的坎肩不?那不就是你盘的扣子吗?每年秋天我都要穿一穿它呢!我一直想跟你学盘扣子,一直也没学会……"

母亲听了,数落我道:"手指头中间长着蹼呢——拙呀!"

我摊开手掌,装傻道:"啊?蹼在哪儿呢?在哪儿呢?"

母亲仿佛在数落我中汲取了力量,脸上有了明快的自信,继而,这自信又传到了手上。终于,她兀自笑了一声,两只苍老的手笃定地动作起来。

犹如神助般地,母亲盘好了一个完美的扣子!

接着,我又贪婪地递上丝绳,央她再盘,央她教我盘。

母亲越盘越娴熟,那过硬的"童子功"毫不含糊地又回到了她的手上。

母亲是多么快活!她对来借簸箕的邻居大声说:"这不,我家大闺女稀罕我盘的蒜疙瘩扣,非让我给她盘!你看看,都盘了这么多了!"

我毫不吝惜地赞美母亲的作品,毫不掩饰地表达想要更多扣子的愿望。母亲则因为帮我做了我无力做成的事而开心了整整一天。

我悄悄跟自己说:"母亲那尖尖的枣核能吸附些微的快乐,该有多么不易!所以,在母亲有生之年,我不能学会盘扣子,绝不能……"

目光的第二次给予

自然的美是无限的，人感受到的美却是有限的。

那一年，工作多年的我，又获得了重新回到高校进修的机会。在那里，我结识了禹老师。禹老师本是主研日本文学的，而他为我们担任的课程却是写作教学。初春的一个早晨，天上飘着牛毛细雨，教室前一株伶仃的杏树寂寞地开出了两朵淡粉的花。同学们嘻嘻哈哈走过，戏言要摘了它赠予我们漂亮的"班花"。后来，衣履光鲜的禹老师来了，我们便不再嬉闹。

距离真正上课的时间还有5分钟，禹老师说："我注意到了，你们刚才在议论那两朵新开的杏花。要不要利用这几分钟的时间，听我给你们背诵一段有关花的文字？"我们热烈鼓掌。禹老师便开始认真地背诵起来——用日语！他背得十分陶醉，我们听得十分入神。不懂日语的我们，实在猜不出那是一些怎样的文字，但是，我们分明又约略地猜出了那一定是一些美丽芬芳的文字，否则，朗诵它的人不可能那样眼睛发亮，幸福的表情仿佛置身天堂。

禹老师背诵完了，我们却傻呆呆地半晌回不过味来。终于有人小声发问了："这是一段写什么花的文字？谁写的？"禹老师说："这是日本作家川端康成描写海棠花的一段文字，文章的题目叫《花未眠》。"

记得当天晚上在微机教室里，许多同学都下载了翻译成中文的《花未眠》。这是一篇玲珑哀艳的文字，是写作者对美与死的参悟。川端康成说："凌晨四点醒来，发现海棠花未眠。我大吃一惊……"老实说，我很为他的"大吃一惊"而大吃一惊。花嘛，本不可能像人一般昼醒夜睡，花入夜而不眠，是一件多么稀松平常的事啊，作者却何至于"大吃一惊"呢？

拿这个问题去请教禹老师，禹老师说："川端康成说，自然的美是无限的，人感受到的美却是有限的。在那个给予他'美的启迪'和'美的开光'的凌晨四点以前，海棠花未眠这个事实曾被他粗心地忽略着。他或许以为海棠花和朝荣一样，会在黑夜里闭合了自己美丽的容颜；他或许原本就知道海棠花是不眠的，但却没有像这个凌晨四点一样在凝视中突然读懂了她。所以他谆谆教导我们：美是邂逅所得，美是亲近所得。"

终于明白了，原来，那令我们"大吃一惊"的事物往往是先前被我们粗疏的心误读过的事物。很为川端康成拥有了那样一个重要的"凌晨四点"感到庆幸，他的"天目"被倏然点开，一下子看清了原先未曾看清的一切。

后来走过教室前的杏树，走过一切开花的植物，我都会很自然地想起川端康成的《花未眠》，想起禹老师忘情的背诵，想起那惹得人"大吃一惊"的所有的"美的启迪"和"美的开光"。

美好的文字和美丽的花朵一样,有能力完成"目光的第二次给予"。我们蒙昧的眼睛,常常有太多的读不懂。两朵杏花摆在我们面前,我们却无力透过她们细腻的肌理触摸到生动的春天。我们只会开着浅薄的玩笑,与两朵奔跑了整整一个冬天才得以与我们相会的杏花擦肩而过。而当川端康成凝视过了凌晨四点的海棠花,当我聆听过了禹老师对这种凝视的深沉解读,红尘就多了几个知音,世界就多了一份锦灿。

雪坠　雪坠

那花，分明开得正盛，一阵风过，却有花瓣雪片般飘洒；而枝头的堆雪，并不见消减。

　　我一向钟情这样一种表达——目光的第二次给予。

　　我从不怀疑，因了这样或那样的原因，我的目光会暗、会浊、会锈、会钝，这时候，我迫切需要借助他人的目光点亮自我的目光，以期再一次看清这世界的万事万物。

　　几天来，我一直在喋喋不休地倾诉，说海棠花稀了，熄了。但是，今天做完核酸回来的路上，我遇到了神迹。

　　一路都在埋头赶路，看到满地的白花瓣，由不得心里咯噔一下，又复习了一遍"我隔离，你花期"这个充满幽怨的句子。

　　我的手机，一直对准脚下的花瓣，拍呀拍。可当我看到一个人举着笨重的相机不懈地变换角度仰头拍摄那棵枝干遒劲的大树时，我才跟着他的镜头举目认真观瞧起来。

　　我惊奇地发现，这棵高大的树上那皎白的花，竟还有七分好呢！这个发现令我无比欣悦，不啻中了百万大奖。

　　继续朝前走。

我看到在一树碧桃前，一位女士坐在轮椅上，正在费力自拍。

我很想冲过去，对她说："我来为你拍吧！"又觉得太唐突，难道，我不应该和她站在一起捍卫她作为一个残障人士的脆弱尊严吗？于是我缄口，邀她和她身后的那株碧桃携手步入我的镜头。

继续朝前走，居然又看到一位坐在轮椅上的女士，边大声唱歌，边拍摄眼前美景。我很好奇，究竟是怎样的景色让她如此陶醉呢？我悄悄循着她镜头的方向看去——

哇！恁大一片开花的植物！与刚才所见那开到七分好的植物似乎同属一类。只是，这一片皎白的花，尚有九分好，且繁花低垂近人，惹人爱怜！

它究竟叫什么名字呢？

我快步走过去。

日光晃晃，花瓣扑面。

蹑足走在落花上，鞋子被宠得不知如何是好。

细看那植物标牌，看到"雪坠海棠"的字样。

太稀罕了。我见过西府海棠、垂丝海棠、木瓜海棠、绚丽海棠、贴梗海棠、北美海棠……这"雪坠海棠"，还是头一遭遇见。

那花，分明开得正盛，一阵风过，却有花瓣雪片般飘洒；而枝头的堆雪，并不见消减，那"枝上柳绵吹又少"的怅恨，离它还远着呢!

雪坠,雪坠,是谁为你取了这么个浪漫至极又妙趣横生的名字?你在这名字里生动了几千几万年了呢?

遇到这绝色的花,让人想原谅一切辜负。

我俯首钻进最中意的一株雪坠海棠之下,开启美颜,拍摄了一段小视频。

短短8秒钟的视频,竟遭到花瓣两番精准打击。嘻嘻,那感觉,真真妙不可言。

嗯,今天的我,有"华丽缘"呢。借助他人的目光,我被碧桃、雪坠宠溺了个够。我不再凄怆,不再幽怨,我的心,已是华枝春满。

文竹开出小雪花

或许，在某时、某地，我以及孩子的老师，都曾与开花的文竹擦肩而过。然而，我们的倨傲使我们忽略了这美好的一幕。

  一位母亲，拿她儿子的作文给我看。孩子读小学五年级。最近写的一篇考场作文被老师判成了不及格。

  那是一篇要求描写植物的自命题作文。孩子拟定的题目是《文竹开出小雪花》。孩子写道：刚入冬，我家的文竹就开花了。梦一样的叶子，点缀着一朵朵精致小花。那花儿，太像雪花了！白色，并且，不多也不少，刚好就是六个瓣呢！把鼻子凑过去闻一闻，嘿，居然是水蒸气的味道！文章的结尾，孩子是这样写的："今年冬天的第一场雪，落在了我家。"

  我跟孩子的母亲说，单看结构与表达，我觉得这篇作文写得确实不错，但是，我没有看见过文竹开花——文竹会开花吗，这是不是杜撰啊？……孩子的母亲一声接一声地叹起气来。她说，那天，孩子把试卷拿给她看，她觉得这篇作文写得非常好，却不知道为何阅卷老师不欣赏。她让孩子拿着试卷去问老师。老师说，这篇作文最失败的地方就是胡编乱造。老师告诉孩子，她自己也曾养过多年文竹，可是文竹压根儿就不可能开花，更不可能开出"有水蒸气味道"的"雪花"。孩子申辩说，他家的文竹就是开花了，花朵就是有水蒸气的味道，不信的话，他可以把花搬来给老师看看。老师更加生气了，认为孩子是在为自己的错误狡辩……孩子的母亲气愤地拿出手机，给我看她为开花的文竹拍摄的照片。我于是惊讶地看见了孩子在作文中描写的那一幕。

文竹开出小雪花。这是一个小学生给我们上的多么生动美妙的一课啊！

可是，为什么我以及孩子的老师一上来就不由分说地怀疑孩子是在"杜撰"、在"胡编乱造"呢？

我们那么跋扈地相信着自己的感觉，断然将自己的孤陋寡闻当成了否定他人的铁证；我们喜欢用呵斥的口吻跟小孩子说话，把居高临下地向孩子宣布正确答案视为自己不可撼动的角色定位。

或许，在某时、某地，我以及孩子的老师，都曾与开花的文竹擦肩而过。然而，我们的倨傲使我们忽略了这美好的一幕。那么细碎的花朵，那么寒素的颜色，那么寡淡的香味，我们断然让自己的目光滤掉了这一切。唯有孩子才会欢呼着扑过去观赏那一场落在梦一样的植物上的"迷你"白雪，唯有孩子才会兴致勃勃地一瓣瓣点数那小花朵上更小的花瓣，唯有孩子才会生发出文竹花朵的瓣数恰等于雪花的瓣数的奇妙联想。

成长，在赋予我们知识、经验、眼界、力量的同时，也强塞给我们一些不讨人喜欢的"搭售品"——偏狭、自负、倨傲、麻木……苍天怜惜我们这些无趣的人,派孩子来拯救我们乏味的心灵,通过孩子"目光的第二次给予",我们看到了被我们粗心忽略的种种,更看到了"美"在这个世界上富丽多彩的栖止方式。

文竹开出小雪花。这雪花,可映亮了你的眼与心?

舍我一些花籽

谢谁呢？谢天？谢地？谢植株？我说不太清，反正就是觉得该谢。

初秋真好。走在公园里，花还在热闹地开着呢，却有花籽成熟了。我喜欢哪种花，就径直去采摘那植株上的花籽，不用担心采错。

牵牛花我喜欢蓝色的，多年前在超市里买过一包牵牛花种子，包装袋的图片上显示的分明是蓝色的花，可开出花来，却是玫红的。怨着那花不遂我愿，也怨着自己太善挑剔，就这样纠结了好几个月。现在好了，我在开着蓝色花朵的牵牛花蔓上采了上百颗种子，我听见它们争着抢着跟我说："这下你放心吧，我们保证都给你开出蓝色的花！"

那年春天，我在菜市场买了两包观赏秋葵的种子，回家种了满满一阳台，我跟我家先生说："你信不信，等这些秋葵开花的时候，咱家的阳台将成为全楼最美的风景！""秋葵"发芽了，长高了，绿屏风般，茂盛极了，只是迟迟不见有开花的迹象。公园里的秋葵早就开成花山了，俺家的秋葵却似乎忘了开花的使命。入秋了，一米来高的植株居然在顶部打了小花苞。我搬个小凳子，踩上去，端详那花苞，怎么看怎么不对劲，人家公园里秋葵的花苞是圆形的，我家"秋葵"的花苞却是一柄长长的绿色小穗。几天后，绿穗上开出花来，微白，小如米粒，细密排列。我知道自己买了"山寨秋葵"，却不清楚这被我精心伺候了好几个月的究竟是何等植物，心里这个闷啊！终于采下两片叶子，拿到学校给生物老师看，结果，生物老师也不认识，只是反复说"这叶子跟秋葵的叶子可真像啊"。拈着那两片叶子，要扔到垃圾箱，打扫垃圾的师傅看见了，问我道："从哪里采的苏子叶啊？"我一听，大喜过望，遂俯身请教。老师傅说："这东西结的籽儿叫苏子，可以喂鸟；这叶子跟秋葵是有点像，可它有股清香味儿，人们吃烧烤时，拿它卷肉，可去油腻。"老天！我居然养了一阳台苏子！

有了"种错花"的经历，如今能够眼睁睁瞅着花朵、准确无误地采花籽，心里那个美、那个得意、那个解气啊！

我采了蓝色牵牛的花籽，又采了粉色秋葵的花籽，还采了一些黄色草茉莉的花籽。当我去采红茑萝花籽的时候，碰上一个老园丁，他问我采这东西干嘛用，我回答："种啊。"他笑了："这小贱花有啥种头？"我没有回答他，而是在心里问自己："你说你咋就这么近乎神经质地稀罕着这些'小贱花'呢？是因为它们亲切，还是因为它们皮实？或者就是因为你自己原本就是一朵跟大富大贵无缘的花呢？"

我是带着感恩的心采摘花籽的。边采摘边在心里说："谢谢你舍我一些花籽！"——谢谁呢？谢天？谢地？谢植株？我说不太清，反正就是觉得该谢。

"保真"的花籽带给人踏实的欣悦。在一粒花籽上想象花开，既是现实主义，又是浪漫主义。

我家先生收拾出了一个三平方米左右的空调外机间，本想堆破烂用，我央他把这个空间送给我做花房，他慨允，却讥诮我道："整个一个农妇转世！又要种一花房苏子？"现在，我骄矜地揣着一裤袋大地馈赠的花籽，突然有了想法——我要让花房的北篱笆（刚刚网购的）上爬满蓝牵牛，西篱笆上爬满红茑萝，再把所有空花盆都种满粉秋葵和黄茉莉。等大雪纷飞的时候，我家花房花开正盛。到时候，我或许会拉上老闺蜜，得意扬扬地跟她说："走，上我家的'袖珍花房'喝杯咖啡去！我要让你亲眼看看，我怎样成功偷得三平方米的夏天……"

精神容颜,赛过貂蝉

词人徘徊海棠树下,目光轻触每一丝花蕊,不饮自醉。

我问一个问题:你感觉李清照漂亮还是李清照的女仆漂亮?

这个问题,你可能觉得问得很愣,不太靠谱了吧?这个,谁研究过?哪怕专门搞李清照研究的,也不大可能研究到这样精微的程度吧——到底是李清照漂亮,还是李清照的女仆漂亮?我抛出这个问题,其实是想借题发挥。

我想先跟大家一起来重温李清照的一首小令《如梦令》。是她的流传甚广的一首小令:

　　昨夜雨疏风骤,
　　浓睡不消残酒。
　　试问卷帘人,
　　却道海棠依旧。
　　知否,知否?
　　应是绿肥红瘦。

我在给我的学生们讲这首小令的时候，曾设计了一连串的问题——

问题一：昨夜什么天气？

"雨疏风骤"。——注意，雨是小的，风是急的。我石家庄有好多朋友，石家庄的朋友都在刷屏，因为突然天昏地暗，大风竟然把薄一些的房顶都给掀起来了！然后又下了大雨。这，可不是"雨疏风骤"。"雨疏风骤"，得是下小雨，刮大风。

问题二：对话时刻李清照起床了吗？没有吧？昨晚喝高了，睡得不错，但酒意没有全消。她是将起未起，正是"揽衣推枕起徘徊"的当儿。

问题三：卷帘人起床了吗？当然！不起床怎么卷帘呢？卷帘人卷帘时，刚好对着窗外的海棠。而李清照未及端详，这才有了后面煞是有趣的对话。

问题四：为什么卷帘人亲眼所见的海棠与李清照心中所想的海棠差别那么大？李清照问：今天的海棠花树跟昨天的海棠花树比，有了很大的变化吧？但是，卷帘人却说"海棠依旧"。她之所以这样回答，原因在于，她根本没留意昨天的海棠，更无从与今天的海棠做比对，所以只好大大咧咧地搪塞一句："海棠依旧。"她原是个粗人，海棠花跟她没有一毛钱的关系，她凭什么注意花多花少？但是，李清照是个读书人啊，她读书，也读万物。她心中风雨后的海棠跟风雨前的海棠有了惊心动魄的变化啊！所谓"绿肥红瘦"，就是叶多花少。这是多么合理的猜测！

雨疏风骤，让鲜润的海棠花不能够在枝上存留了，呼啦啦掉得满院都是。

我们是不是还可以凭想象补上词人昨日赏海棠的情景呢？风和，日丽，花开，香来（张爱玲"恨海棠无香"，那要分品种，西府海棠就有香，不信你亲自去闻闻）。词人徘徊海棠树下，目光轻触每一丝花蕊，不饮自醉。那枝头花朵的疏密，都被她牢记于心了呀！甚至是，她晚间醉酒，没准儿，那海棠花就是劝酒人呢！所以，那疾风吹落的花朵，一律怦然落在了伤春惜花人的心头了啊！

你看你看，读书与不读书的差别多么大！——李清照漂亮还是她的女仆漂亮？这还用我说吗？可以说，李清照是"精神容颜，赛过貂蝉"，而这美，是可以"映带周身"的呀！在我们这个诗的国度，谁要是敢说李清照的女仆比李清照漂亮，那无疑是一种鲁莽的伤众，一种愚蠢的冒险。

一种值得拥有自己节日的树

作为塔里木盆地自然生长的唯一乔木,胡杨珍视着苍天施与的每一滴水。

这是一个让我无限喜爱的节日——"中国新疆国际胡杨节"。从活动拉开序幕那天起,我就以给自己过节般的心情在数千里之外热切地关注着这件事。在网上,我跟着那些中外摄影记者走,库尔勒、尉犁、轮台、库东、沙雅……我张大惊异的目光,看在天地之间悲怆地挺立着的胡杨,看它被苦难雕凿的身影,看它捧给尘世的金子般的叶片。

是谁,在一个怎样的时刻,想出了这么美妙的一个主张?当那人用激动的语调说出"咱该给胡杨树设立个节日"的时候,热烈响应的人一定很多吧?——是啊,胡杨,它是一种值得拥有自己节日的树!

维吾尔族将胡杨称作"托克拉克",意思是"最美丽的树"。在我看来,胡杨的美,在于它动用整整一生的力量演唱了一曲生命壮歌。

谁能想到,塔克拉玛干沙漠,在2800万年前曾是地中海的海滩。也就是说,胡杨的祖先,曾被海风吹拂。海水走了,太多的生命也跟着走了。胡杨却选择了留下,独自在沙漠中站成了一种"英雄树"。

死神的影子在沙漠飘忽。在失去了一万种活着的理由之后,胡杨,用第一万零一个理由顽强地活着。

一棵成年胡杨雌株可以孕育上亿颗种子,每颗种子的重量只有万分之一克。我曾在电视画面上看过那柳絮样的种子在沙漠中飘飞。绝大多数种子是不能得到发芽的机会的,只有少数几颗幸运的种子落到了洪水暴发的塔里木河中,干燥的种子有能耐在6秒钟内就吸饱水,当中午水温升高时,它们居然就已经在水里悄悄地发芽了。洪水退去,胡杨的种子紧紧抓住湿气尚存的沙滩,把根扎下去。

干旱是沙漠永恒的主题。为了对付干旱,胡杨硬是让自己身上分别生长出了两种不同的叶子——树冠低处的是条形叶,树冠高处的是掌形叶。细小的条形叶能减少水分消耗,而掌形叶则可以尽可能多地进行光合作用,制造生命的能量。

作为塔里木盆地自然生长的唯一乔木,胡杨珍视着苍天施与的每一滴水,它索性将自己的身体打造成了一个"储水器"。由于常年存水,许多胡杨的树干出现了空洞。这也就是我们看到的胡杨树大多躯干伛偻、扭结盘错的原因了。

胡杨的根系极其发达。研究者曾惊讶地发现,胡杨的根并不是垂直向下地生长,而是向水平方向延伸。谜底揭开,研究者却沉默了。——胡杨的根沿水平方向生长，原是奔向水源的，并且，这些水平根在奔跑的过程中，还实现了无性繁殖，沿途生出了株株可爱的幼苗！

胡杨的一生还是不断放弃的一生。在地表温度高达80摄氏度的酷暑中，胡杨真正变成了沙漠中的"柴火"。为了能撑下去，它放弃了一部分枝干，又放弃了一部分枝干。它用半条命甚至是丁点儿命悲苦地活着。我曾看到过一幅摄影作品，顶天立地的一棵胡杨树，仅在树梢上挑着几片孤苦伶仃的绿叶，它用这仅有的几片叶子告诉世界：我活着！

狂风抽你，飞沙埋你，毒日烤你，严寒侵你，尺蠖啃你，盐碱蚀你……你却没有绝迹！"生而一千年不死，死而一千年不倒，倒而一千年不朽"，这就是你铮铮的生命誓言吗？在海风吹不到的地方，你的梦里一定还有潮润的蔚蓝。胡杨，胡杨，你这树中之圣哲！

在你的节日里，我激动得夜不能寐，一次次生出飞到塔里木去看望我心爱的"托克拉克"的冲动。这个晚上，我坐在灯下，窗外缓缓地流着一条叫"丽娃"的河，我竟痴想着该怎样"空运"一些河水给你！揣着这个又苦又酸又甜的念头，写下了以上的文字……

一转身就能拥住春天

当良知眠去,当仁爱寐魇,孩子来了,他们用看不见的小小羽翼,将大大的世界暖暖地罩住。

这是一个心理咨询师讲的故事。

咨询师接待了一个7岁的小患者。

孩子的父母主诉为:这么小就厌学了!一直上着的一个绘画班,说什么都不肯去了。

咨询师经验十分丰富。他问孩子有什么爱好,当孩子告诉他喜欢画画时,他欢叫起来:哇!叔叔也喜欢画画!

在咨询师的建议下,两个人开始自由作画。

孩子画了一棵树,光秃秃的,没有一片叶子。

咨询师问孩子画的这是什么树,孩子回答说是银杏树。咨询师问为什么没有叶子,孩子回答说叶子都让"坏人"摘光了。

孩子突然说:"我们老师让我们用银杏树的叶子做手工画,我讨厌她!小朋友们都去摘银杏树的叶子,银杏树会疼的……"

原来,这就是孩子"厌学"的原因啊!因为老师让同学们用银杏叶做那种流行的手工画,致使还未到落叶时节的银杏树被

"听话"摘叶的孩子们弄"疼"了,所以,这个孩子认定了老师"讨厌",他便以不去上学抗议老师的"残忍"。

想起另一个真实的故事——

下雪了,万物都披上了银装。一个幼儿园的小朋友对老师说:"老师,下雪了,院子里的雕像多冷啊!咱们去给它穿件衣服吧。"老师听了,只觉得可笑,根本没往心里去。她没想到的是,过了一会儿,又有一个小朋友跑过来向她提出了同样的请求!她心中最柔软的部分终于被触动了,于是,她带孩子们举行了一个为雕塑穿棉衣的仪式。

我在《心茧剥落》里曾写过一个小姑娘,当她看到妈妈买回来的鱼在流血时,赶忙找出了创可贴,让妈妈给鱼贴上。

看过丰子恺的《蚂蚁搬家》吗?当蚂蚁那长长的黑色队伍横过道路,它们很容易被人们的鞋底碾为尘埃,那个红衣男孩不忍了,他拿出了完美的救护方案——在蚂蚁队伍上方安放了一溜小板凳,为蚂蚁们搭起了长长的安全罩棚!

怕树疼,怕雕像冷,怕鱼流血,怕蚂蚁被践踏,请不要说孩子有一颗脆弱的"玻璃心",他们有的,是一颗晶莹剔透的"水晶心"啊!

曾几何时,我们不也是他们吗?但,我们的"水晶心"从何时开始蒙尘了呢?何止蒙尘,它连性状都大变了呀!你看到了,有人放任自家凶恶的狗去咬人,还恬不知耻地声言"我家狗吻谁谁就是它的同类"——你的"水晶心"早就被"铁石心"取代了呀!

　　孩子在这世上的使命之一是"唤醒"。当良知眠去,当仁爱寐魇,孩子来了,他们用看不见的小小羽翼,将大大的世界暖暖地罩住,让瑟缩寒苦的人们羞惭地省悟到,原来,只需一个转身,我就能拥住春天……

第六辑
让我在鲜美的时候遇上你

让青春的草莓，情爱的草莓，智慧的草莓都能在最鲜美光艳的时候遇上自己祈望遇上的人吧！

让青春遇上挚友，让情爱遇上佳侣，让智慧遇上良师。让每一颗草莓都远离寂寥和怨怼，让她说："我爱过，也被爱过；我美丽过，也被欣赏过。我的一生，没有缺憾。"

你不能施舍给我翅膀

将血肉之躯铸成一支英勇无畏的箭镞,带着呼啸的风声,携着永不坠落的梦想,拼力穿透命运设置的重重险阻,义无反顾地射向寥廓美丽的长天。

在蛾子的世界里,有一种蛾子名叫"帝王蛾"。

以"帝王"来命名一只蛾子,你也许会说,这未免太夸张了吧?不错,如若它仅仅是以其长达几十厘米的双翼赢得了这样的名号,那的确是有夸张之嫌;但是,当你知道了它是怎样冲破命运的苛刻设定,艰难地走出恒久的死寂,从而拥有飞翔的快乐时,你就一定会觉得那一顶"帝王"的冠冕真的是非他莫属。

帝王蛾的幼虫是在一个洞口极其狭小的茧中度过的。当它的生命要发生质的飞跃时,这天定的狭小通道,对它来说无疑成了鬼门关。那娇嫩的身躯必须拼尽全力才可能破茧而出。太多太多的幼虫在往外冲杀的时候力竭身亡,不幸成了"飞翔"这个词的悲壮祭品。

有人怀了悲悯恻隐之心,企图将那幼虫的生命通道修得宽阔一些。他们拿来剪刀,把茧子的洞口剪大。这样一来,茧中的幼虫不必费多大的力气，轻易就从那个牢笼里钻了出来。但是，所有因得到了救助而见到天日的蛾子都不是真正的"帝王蛾"——它们无论如何也飞不起来，只能拖着丧失了飞翔功能的累赘的双翅在地上笨拙地爬行！原来，那"鬼门关"一般的狭小茧洞恰是帮助帝王蛾幼虫两翼成长的关键所在，穿越的时刻，通过用力挤压，血液才能顺利送到蛾翼的组织中去——唯有两翼充血，帝王蛾才能振翅飞翔。人为地将茧洞剪大，蛾子的翼翅就失去充血的机会，生出来的帝王蛾便永远与飞翔绝缘。

没有谁能够施舍给帝王蛾一双奋飞的翅膀。

我们不可能成为统辖他人的帝王，但是我们可以做自己的帝王！不惧怕穿越狭长墨黑的隧道，不指望一双怜悯的手送来廉价的资助，将血肉之躯铸成一支英勇无畏的箭镞，带着呼啸的风声，携着永不坠落的梦想，拼力穿透命运设置的重重险阻，义无反顾地射向寥廓美丽的长天。

樱花与初恋

樱花与初恋，这凡尘的锦灿，转眼即可将人抛闪。

进电梯时，里面已有一个女子。她正在大声打电话，表情丰富，连说带笑，旁若无人。

逼仄的空间，我避不开，只好硬着头皮"窃听"。

女子大笑着说："大姐！你以为你几岁呀？那件裙子我都不好意思穿了，太糖果气了！你外孙女穿还差不多！你们老姐儿几个去看樱花我当然高兴，可是你穿我结婚前的那件纱裙，简直……像我妹妹了！哈哈哈。我爸咋说呀？啊？他说好看？那你还征求我意见干吗？我才懒得管你！你爱穿啥穿啥呗……拜拜老妈！明天玩儿好啊！"

直到最后，我才听明白了，这女子口中的"大姐""老妈"其实是同一个人——她戏谑地管老妈叫"大姐"。明天，老妈要与老姐儿们一起去看樱花，要穿女儿做姑娘时穿过的一件纱裙，征求女儿意见，受到女儿无限欢悦的奚落。

我突然万般伤感。

我的母亲也特别喜欢花。做小学教师出身的她有句名言：

"常在花前走，人也显精神。"那时，我家有个院子，院子里种满了诸如朝荣、蜀葵、紫茉莉、染指甲花等各种"小贱花"。母亲总是细心地收了花籽儿，待我回家，郑重地递给我几个小纸包，嘱我带回自己的小家去种。打从我记事起，我家每年冬天都要水养几个白菜根，年前年后开出金灿灿的"白菜花"，让陋室顷刻变成殿堂。

今年春节前，我水养的白菜根开花了，我多想跟母亲视频聊天，让她看看她女儿养出的"白菜花"有多漂亮，但是，我缠绵病榻的母亲已不能够自主使用手机，也不再能够与我顺畅交流。

我多么嫉妒人家的母亲，穿起"糖果气"的纱裙，呼朋引伴去赏樱。我在心里对电梯间的那个女子说："你'大姐'爱穿啥就穿啥吧！你不干预，如此，甚好！"

最近读陆晓娅的《给妈妈当妈妈》，读到一个情节时，不由得掩卷长叹——作者的母亲与我母亲一样，患的也是"认知障碍症"。孝顺的女儿为了不让母亲在有生之年留下太多遗憾，毅然带着母亲去拜望她的初恋情人。可是，见面之后，母亲已无法与对方交流，那锦年的情事，已彻底被她脑中的"橡皮"擦净，不留半丝痕迹。苏东坡有诗道："泥上偶然留指爪，鸿飞那复计东西。"其实，对一个"认知障碍症"患者而言，连那"泥爪"都被命运残忍地收走了呀。

樱花与初恋，这凡尘的锦灿，转眼即可将人抛闪。我们无福跟着电影中的贾玲"穿越"，将正值芳华的母亲摆进一阵樱雨、一阵熏风。我们只能守着被花香疏弃、被爱情弭忘的母亲，轻轻地对她说："妈妈，我再没有比此刻更爱你。"

让我在鲜美的时候遇上你

只有当她独自走完了长长的风雨之路,当她的生命在万丈深渊的崖岸上招展如旗的时候,她祈望着遇上你。

    我的玻璃板下面压着一幅艺术摄影,墨色的背景下是一篮红草莓,那草莓饱满光艳,鲜汁欲滴。清理桌面的时候,我常情不自禁在那些草莓上放慢动作,好像一不留神儿就会弄破了她们似的。阳光俯身亲吻我的草莓,我看见金光霎时间镀亮了她们的每一个侧面,就连我眼睛看不见的篮底的那一颗也被一种极温柔的光轻轻穿透。我久久地凝视着这些诱人的佳果,唇齿间渐渐涌上了一股挥之不去的芬芳。

    这幅摄影作品上有一行令人唏嘘慨叹的题字——让我在鲜美的时候遇上你。

    那是草莓的喁喁低语吗?当她青硬酸涩的时候,她婉拒了你;当她衰败腐烂的时候,她回绝了你。只有当她独自走完了长长的风雨之路,当她的生命在万丈深渊的崖岸上招展如旗的时候,她祈望着遇上你。

    不要早一步,也不要迟一步,你能在茫茫寰宇的某个时空的坐标点上准确地寻到她吗?

　　她婉拒你的时候,她还无法逆料自己日后的容颜,但是她知道自己的美丽有一个漫长的潜伏期,她想让你等,直到她能将一份狂沙吹尽后的锦灿和盘托给你;她回绝你的时候,她明白她已经永远错失了你,她不愿意让一种痛从她的体内蔓延到你的舌尖——因为珍视,她未许你。她说:"忘了我。"可她哪怕是成泥成尘,也会深深深深地忆念你。

　　让青春的草莓,情爱的草莓,智慧的草莓都能在最鲜美光艳的时候遇上自己祈望遇上的人吧!让青春遇上挚友,让情爱遇上佳侣,让智慧遇上良师。让每一颗草莓都远离寂寥和怨怼,让她说:"我爱过,也被爱过;我美丽过,也被欣赏过。我的一生,没有缺憾。"

　　啊,让我在鲜美的时候遇上你。

花有幸

他也只是偶然路过这里，偶然撞上了花儿黯淡的眼神，可他不允许自己坐视不顾……

暑期，单位组织大家去青岛旅游。我们乘坐一辆旅游车，跑的是高速公路。在一个县级服务区，我们的车停下来，车长招呼大家下去活动一下。

从空调车里下来，就像钻进了一个巨型的大高炉。我的邻座李子买来了冰激凌，跟我说，还要等半天呢，吃吧，灭灭火！我们便站在树荫里吃起来。李子边吃边指着脚下一片披着厚厚的尘土的蔫巴花问我：你说，这是什么花——脏得都没模样了。我皱着眉头，努力辨认着那些活得彻底丧失了尊严的植物，猜测般地回答：好像是串儿红吧——咱们办公大楼后面栽的那种花？李子说，我看不像，哪有这么难看的串儿红？"串儿黑"还差不多！我说，不是串儿红那会是什么花呢？我可猜不着了。李子叹口气说，真惨，这也叫开花的生命！我也在心里叹了口气，为这蒙尘的花朵，为这蒙尘的生命。

来了一个满头大汗的小男孩，手里拿着和我们同样牌子的冰激凌,炎热把他赶到了这棵树下。他不是我们车上的,但显然也和我们一样乘坐长途车,在这个服务区稍事活动休息。很快,他也被脚下的那片花吸引住了,猫下腰,十分惊奇地打量着这一片脏兮兮蔫苶苶的开花的植物。看了一会儿,他就跑开了。我和李子交换了一下眼色,心照不宣地笑起来。我们的笑中包含了这样一层意思——丑陋的花朵,谁愿意在它跟前久留!

但是,我们万没想到,那个小男孩很快又满头大汗地跑了回来。他一只手拿着冰激凌,另一只手拿着一瓶纯净水。他站在那片花前,开始认真地用那瓶纯净水给满面灰尘的花朵"洗脸"。我和李子默默地站在男孩的身后,眼看着那叶儿变绿了,花儿变红了,世界变清明了。我和李子同时确认了那花——串儿红,美丽的串儿红……

时间过去很久了,李子还经常和我提起这件事。她说,你必须承认,这个世界上是有天使的。面对一片面目全非的花朵,我们只知道叹惋讥诮,根本想不到去拯救去援手。我们想得很多,想得很复杂——我们追根溯源地探询:种花人呀,你连一朵花的本色都无力捍卫,何苦还要把一份无辜的美丽撒播到人间?我们义愤填膺地追问:是谁让这娇美的心思蒙羞?为什么不设法把侵害花朵容颜的沙尘降伏……我们作为一个匆匆而过的旅人,站在一朵被世界弄脏了的花前,头脑里起了风暴,在那短短一瞬间,我们被自己的想法感动,觉得花前的"我"很深邃,很人文。但是,一个孩子,一个透明的孩子,他或许什么都没有想,就拿出了完美的救助方案！他也只是偶然路过这里，偶然撞上了花儿黯淡的眼神，可他不允许自己坐视不顾，不允许自己面对着一片"串儿黑"心安理得地吃冰激凌。他的纯净水，先洗净了自己的心灵，然后才洗净了花儿的颜面啊……

深爱带来深呼吸

他在一种微醺中手舞足蹈,无心再去计较光阴的残酷无情。

　　我的邻居,爱花成痴,在楼前的水泥地上放置了几个轮胎,轮胎里填满土,土里种植花木。每天上下班,我都要匆匆经过他的"轮胎花园",任那些花花草草在眼前闪过。

　　一天下班,他喊住我,要我和他一起赏花。我笑着应下,却在心里咕哝了一句:"这些'轮胎花'有啥好赏的?"

　　他说:"你看这玫瑰——啧啧,开得多欢啊!你再看这桑叶牡丹——这小样儿,真是俊死个人!你闻闻这茶叶花吧——嘿嘿,准能把你香得转了向……"我万分惊讶地看着他,不晓得身为普通工人的他怎么一张嘴居然使用了这么多美妙、贴切的修辞方法!更让我惊讶的还在后头呢!他说:"看着这些花,你会不由得深呼吸。就这样——"他说着,十分惬意地为我穿插表演了一个深呼吸,"知道吗?深呼吸可是对身体极有好处的呀!你看,不论是练太极、气功,还是练瑜伽,都要先训练呼吸。所以就有人说:'息息归脐,寿与天齐。'面对美好的东西,你会不由自主地深呼吸。你站到这花儿跟前来,试试看!"

我便当真试了。有点意思。

打那以后，我再路过"轮胎花园"时，竟会忍不住调整呼吸。"深，深，深呼吸。"我跟自己说。

生活，常常没商量地把我们摆在一串串恼人的事件面前。是谁，强行收走了我们的深呼吸？发火的时刻，气恨的时刻，烦躁的时刻，羞恼的时刻，我们呼吸急促，肺要炸了，人也要炸了。在这样的时刻，我们真的很需要用一个深呼吸来拯救自己的灵魂啊！

读花，可以让人深呼吸；读书，也可以让人深呼吸。

我的学校有一个退休老教师，一生痴爱宋词。每年春节去给他拜年，他都要强拉着你听他背诵完10首宋词。他还会根据自己揣摩体味到的每首词的意境，为那些词配插图。说真的，那些插图，画得都很粗陋蹩脚。我们私下里曾嘲笑那些插图简直可以"气活古人，气死今人"。但是，这位老者给我们的欣喜与感动绝对是不容置疑的。他精神矍铄，满面红光，让每一个见到他的人都忍不住要向他打探养生的秘密。他的回答只有简单的四个字——少吃多动。我却以为他没有说到点子上。在我看来，他其实是被宋词滋补得这么硬朗了啊！我有理由相信，每天每天，他一定会对着那本被他圈点了无数遍的宋词以及他的那些宝贝插图做深呼吸。他把自己的老命欣然地楔进了宋词里面，一任那隔世的烟雨打湿了他今朝的心境，他在一种微醺中手舞足蹈，无心再去计较光阴的残酷无情。——我多么希望自己在风烛残年的时候也能像这位老者一样,对某种美好的东西上瘾,雍容地忽略掉别人看自己的异样眼神,自顾自地陶醉,自顾自地沉迷。

俊死人的桑叶牡丹,喜煞人的宋代美词,这些值得深爱的事物,为我们带来了深深的呼吸。生命的过程,多么奢华又多么短促,奢华短促得如同一场寂寞烟花。你愿不愿意趁着烟花正忘情地改写着夜空,殷殷地给自己这样一个期许——多让心儿在芳菲中留驻,深深地爱,深深地呼吸……

鲁菲丝和布非耶都不曾离去

他们用撒种这样一个动作，深情阐释一介微尘般的生命与广袤大地之间美妙而又恒久的关联。

　　学校号召老师们为学生推荐优秀视频，我推荐了《花婆婆》和《种树的男人》。

　　很早以前，我就在电脑里收藏了这两段让我百看不厌的视频。有那么一段时间，我甚至像祥林嫂逢人必讲阿毛一样，逮住一只耳朵就狂热地推荐这两段视频。我以为，它们所给予人的，是珍贵的提醒，更是生命的重塑。

　　——嗯，我们还是叫她鲁菲丝小姐吧。当鲁菲丝小姐还是个小女孩的时候，她天真地坐在爷爷的腿上，愉快地答应老人家今生要完成三件事：第一件事是去很远的地方旅行，第二件事是住在海边，第三件事是做一件让世界变得更美丽的事情。鲁菲丝小姐很顺利地完成了前两件事，却为第三件事犯了难。是呢，究竟什么才是"让世界变得更美丽的事情"呢？鲁菲丝小姐费心思量着，却难以寻到答案。直到有一年春天，已不再年轻的鲁菲丝小姐喜出望外地发现山坡上开满了一大片颜色各异的鲁冰花，这时，她突然就明白了自己要做的第三件事是什么了。整个夏天，她的口袋里都装满了鲁冰花的种子。带着一份隐秘的欣悦，她随手将花籽撒到了乡村路旁、教堂后面、学校附近。第二年春天，她撒种子的地方开满了各色的鲁冰花。她终于完成了第三件事情——让世界变得更美丽。

阿尔卑斯山下的普罗旺斯高原，曾经是一片干旱的黄土地。河水的脚步走不到这里，绿色朝这里望上一眼就萎黄了，人与鸟都已远走高飞。一个叫布非耶的牧羊人来到这里，毅然承担起了拯救大地的任务。这片高原不是他的，没有人要求他这样做，但在漫长的34年间，布非耶不停歇地种树，种树，种树。战争在远方诉说着人类的罪恶，快要变成哑巴的布非耶用执拗的心与一天天长高的橡树、桦树、山毛榉亲切交谈。就这样，这个"上帝的优秀选手"，硬是把贫瘠的高原变成了梦中的模样——森林茂密，泉水清冷。人与鸟惊喜地飞过来，打量这个不可思议的人间天堂。

据说，直到今天，"花婆婆"鲁菲丝和"种树男人"布非耶都不曾离去。

在我看来，"上帝的优秀选手"当然不会是空想家，更不会是抱怨狂。在一片没有花、没有树的土地上，他们能看见自己的责任。他们来不及问清为什么大地会有这样一处处寒碜的空白，就在某种本能的驱使下，不由分说地就充当起了填补这空白的不二人选。他们用撒种这样一个动作，深情阐释一介微尘般的生命与广袤大地之间美妙而又恒久的关联。他们有能耐枕着一粒小小的种子听到娓娓花语、阵阵林涛。他们的期待更像季节的一句允诺,不会落空,不会失信。他们可以忽略太多的一己之痛,因为他们深信大地已然为自己预备好了一份无比丰赡的补偿。没有功利心,或者不如说,有大功利心——让世界变得更美丽。

作为一名教育工作者,我无限敬慕鲁菲丝和布非耶,希望自己持续不断地在学生心中撒播道德的种子、知识的种子,培植出一个诗意高原。罗曼·罗兰说:"创造就是消灭死。"人生多么匆遽,充其量不过是"四亿次眨眼"。当我们的眼睛正幸运地享有着眨动的权利,不要让它在那些速朽的物质上过多逡巡,让它去追索那可以为自己带来"终极快感"的目标吧——揣着一包花籽或树种上路,在一个可以期待美丽结局的故事中流连、迷醉,把你对这个星球深挚的爱变成能够遗传给后人的神奇的"DNA(脱氧核糖核酸)",让世界在千百年之后依然有兴致对它的公民说,这里,曾有过一个"上帝的选手",一个"人类的增光者"……

每一只鸟都是我的情敌

每一幅画中都有他怦怦的心跳。他的目光,始终与他的挚爱不离不弃。

那时还没有照相机。

一个叫奥杜邦的男孩,疯狂地爱上了天空的飞鸟。在美国宾夕法尼亚州一个叫米尔格鲁夫的乡村,他过上了与飞鸟为友的生活。他终日跑田野,钻森林,目光痴痴追随着一个个翩然而过的轻灵身影,内心鼓荡着隐秘的快乐与忧伤。那些鸟,翅膀染着霞光,飞翔或安憩,都美丽得令人窒息。

他拿起画笔,开始了一项浩繁的工程——绘鸟。

野火鸡、美洲鹫、红肩鹰、白鹈鹕……他把这些可爱的精灵请到画纸上。他带着饱满的激情作画,笔触细腻,技法精湛。他绘的鸟都是动态的,或舒羽展翅,或俯冲猎食,或独自引吭,或相向啁啾,或轩昂漫步,或垂首凝思,或夫妻缠绵,或母子情深;并且,这些鸟,无一例外地被安排在了花香四溢抑或嘉果飘香的环境中。他用了"巧密而精细"的近似中国工笔的画法,一羽一翼,一花一石,无不精思巧构、精雕细琢。每一幅画中都有他怦怦的心跳。他的目光,始终与他的挚爱不离不弃。

这时候，一个叫露西的少女悄悄走到他身边，和他望向了同一个方向。

他们幸福地结合了。

他们的家一迁再迁。始终念不好"生意经"的奥杜邦，在商界混得一塌糊涂。他的心思全在绘鸟上了。为了追踪一只飞鸟的行踪，他可以抛却手头的一切工作。他爱鸟爱到了痴迷的程度。

经过几年废寝忘食的工作，奥杜邦完成了200多幅野鸟图谱。但是，那些画却不幸被老鼠咬烂了。眼看多年的心血毁于一旦，奥杜邦说："强烈的悲伤几乎穿透我的整个大脑，我连着几个星期都在发烧。"但他并没有因此罢手，而是以加倍的热情重新开始了绘鸟工作。

鸟勾走了奥杜邦的魂。仿佛他的前世，就是一只飞禽，这辈子注定了要与这些带翼翅的生灵厮守。露西说："每一只鸟都是我的情敌。"奥杜邦对于鸟的狂热，达到了令常人难以接受的程度。他争分夺秒地绘鸟。他说："我一直在工作，我真希望自己有八只手来绘鸟。"

奥杜邦34岁那年，法院宣布他破产。

什么样的厄运都熄灭不了奥杜邦绘鸟的热望。他带着自己心爱的北美野鸟图谱，辗转去了英国。那里的人们睁大了惊异的眼睛，打量着这个来自美国的樵夫般的绘鸟人，那些从异邦飞来的或优雅或阴鸷的奇妙物种，瞬间征服了太多倨傲的心。达尔文有一段珍贵的文字，是描写这个时期的奥杜邦的："奥杜邦衣服粗糙简单,黝黑的头发在衣领边披散开来,他整个人就是一个活脱脱的鸟类标本。"

……   ……

晚年的奥杜邦,双目几近失明,但他依然以赏鸟、绘鸟为乐。66岁那年,他走了,却将一份丰厚的礼物留在了人间。他绘的鸟,比真实的鸟拥有更长的翅膀和更久的生命——200多年来,人们摹拓他的作品,出版他的作品。这些鸟,扑啦啦飞遍了世界的各个角落。"奥杜邦"这个名字也成了爱护鸟类、保护生态的代名词;而他以付出双眼乃至生命为代价绘制出的每一张鸟图,都被人视若珍宝,《北美野鸟图谱》珍本在纽约克里斯蒂拍卖行拍卖到880万美元的天价,从而成为"世界上最贵的书"。

我的案头,摆放着奥杜邦中译本的《鸟类圣经》。我在鸟语花香中流连迷醉。我认真区分8种麻雀、13种啄木鸟的细微差别,忘情倾听奥杜邦讲述的精妙绝伦的鸟的故事。当我的一个朋友告诉我说他要去北美考察时,我激动万分地对他说:"如果可能,就去一趟米尔格鲁夫吧!去奥杜邦当年行走的乡间小路上走一走,去看看露西的情敌们是否安然无恙……"

那个叫"勺"的女生

今年开春后,我们学校除了种花生,还要栽芍药,勺高三的时候,欢迎她回来看芍药花……

那年招生的时候,教务处的老师笑着告诉我说:"今年录取的新生中有个女生叫勺——勺子的勺。这名字,怪死了!"

第一次与勺见面,是在校园里的那一小片花生地前。上课的预备铃响了,还有个单单薄薄的小女生站在那里,老远冲着我笑。我问她:"你怎么还不快回教室啊?"她说:"校长,我在等您过来。我想告诉您,花生地里的草是不能拔的。您看,拔了草,带出了这么多小花生,都糟践了,多可惜呀!我们家种过花生,拾掇花生地,我可是个行家!"我夸赞了她,顺便看了一眼她的胸牌,居然,她就是勺。

再见到勺时,是在食堂。我端着餐盘凑到她跟前,告诉她说,她一句话保住了许多花生的小命,秋后该赏她多吃几粒花生呢。她含着一大口饭,开心地笑出了声。我问她:"你名字为什么不写'芍药'的'芍'呢?——你见过芍药吗?原先,你们宿舍后面那儿就有一大片芍药,春天开花,可好看了!"她说:

"我只在电视上见过芍药开花,没见过真的。当初我爷爷给我起名的时候,起的就是'勺子'的'勺',说是名字孬,好拉扯。"我笑指着她手中的不锈钢勺子说:"勺用勺,勺咬勺——这太有趣了!"

后来,德育处遇到了一桩挠头的事,一个女生宿舍的几个住宿生一同找到德育处主任,说她们宿舍老丢东西,小到纸巾,大到毛衣,什么都丢。德育处主任问她们是否有怀疑对象,她们异口同声地说:"是勺!"

"她们有什么根据说是勺干的呀?"我有些激动地质问德育处主任。他嗫嚅道:"她们也没啥根据,就是觉得勺来自农村,家里挺穷的。另外,这个宿舍里,别人都丢过东西,就勺没丢过。"我说:"其实,你刚才所说的前一条就可以解释后一条——正因为勺家里穷,她的东西都不值钱,所以才不会招贼呀!另外,勺要是挨个儿偷,偏偏把自己剩下,那不是不打自招了吗?一个人得蠢成啥样才会这么干呀?"

很快,勺的班主任跑来找我,说大家错怪了勺,让我千万别生气。想着那个单单薄薄的小女生因为家穷就无端被人怀疑成小贼,我的眼睛禁不住酸涩起来。

几次大大小小的考试,勺的班主任都是在第一时间就将勺的成绩和排名发到我手机上。勺的成绩不太好也不太坏,波动也不大。

寒假开学后的一天,勺的班主任问我:"勺怎么没有来上学呀?"我说:"是吗?我不知道啊。你给她家打个电话问问吧。"她惊异地看着我说:"您不知道吗?她家没有电话呀!我想法子找同学问吧。"

没有等来勺,却等来了勺的父亲——一个独臂的男人。他是来为勺办转学手续的。

我问:"怎么刚读了半年就转学呀?"

勺的父亲唉声叹气地说:"说出来您可别笑话,勺的妈妈8年前跟一个小老板跑了,我这个废人,又当爹又当妈,省吃俭用,一心想把勺供出去。去年,我表弟在三门峡市给我找了个差事,我一天到晚惦记着勺,不能踏心干活呀。这回,我下决心把勺弄到我身边去,可户口又迁不过去,高三后半年,她还得回您这学校来,在这儿报名参加高考啊!勺老跟我说您喜欢她,对她好,她可舍不得您呢!这不,她还给您写了封信。"

信是封死的。我撕开信皮儿,看到了下面的文字:

> 校长,我可以叫您一声"妈妈"吗?我本来想当面向您告别,但我没有勇气,还是让我用书信的形式来跟您说说心里话吧。我们宿舍同学丢的东西,确实都是我偷的(我似乎看见了您无比失望的眼神)。事发之后,我吓得要死。我跟班主任说:"求你别让校长知道好吗?其实我家跟校长家是亲戚,校长是我一个远房姑姑。可校长嘱咐过我,不让我跟别人讲。"我无耻地利用了您对我的好,我编造谎言,骗过

了班主任，使他不再追究我偷窃的事。我从小就有小偷小摸的毛病，为这也曾受过皮肉之苦，可很难改。我甚至把这一切归咎于我的名字——勺，总想舀别人碗里的东西，唉，这只不争气的破勺啊！但这一回的偷窃，却真成了我生命中的最后一回。您知道这是为什么吗？就因为德育处主任把您跟他说的话转述给了我。您对我的人品是那样的深信不疑（尽管我不值得），您不假思索地为我辩护。您知道吗？那天晚上，熄灯了，我猫在被窝里，哭着咬破了自己的手指，我跟自己说："你要是再生出偷窃的心，就去摸电门吧！"校长妈妈，我会跟班主任说出实情，我会设法还清舍友们的东西并向她们道歉的。校长妈妈，您笑一下好吗？您笑一下，我离您多远都能感觉得到啊！

署名竟然是"芍"。

我擦着夺眶而出的泪水，笑了一下。

勺的父亲惊慌失措地问："这孩子都瞎写啥了？弄得校长又哭又笑的？"

我说："没啥。你回去告诉勺，就说我爱她。还有，你跟勺说，今年开春后，我们学校除了种花生，还要栽芍药，勺高三的时候，欢迎她回来看芍药花……"

1 与1000比邻而居

所有的"习惯"里都住着一个魔。它一旦统摄了我们的灵魂,我们即会不由自主地向着一个它所指定的方向断然滑去。

　　那是多年前的一个夏天,我与儿子站在马路边等车。车一直不来,我俩无事可做,便盯着眼前的居民楼看。

　　我有个发现,就对儿子说:"你注意观察每一家的阳台摆放的植物,看有什么区别。"

　　他看了一会儿,突然叫起来:"哇!有的人家养了满满一阳台花,还嫌不够,竟然又焊了个伸到楼外的多层铁罩子,层层摆放花盆。嘿!简直是立体绿化呀!有的人家嘛,一朵花也没有养——就是这个区别吗?"

　　我说:"你再看看,有没有人家只在阳台摆放了一盆花的?"

　　他看了看说:"还真没有。太奇怪了!这些人家,要么不摆花,要么就摆许多花!"

　　我说:"是啊!你看你老妈我,不就是养花上瘾了嘛!你记得吗?咱家养过一棵米兰,开花的时候,它的香气竟然可以从20层楼一直飘到楼下!这香气鼓舞了我,我于是又陆续买来了茉莉、栀子、薰衣草等香气袭人的花……我每天早起要做的第一件事就是向花们请安。我简直不能忍受家里有空花盆，一旦把花养死，我会立刻设法在那花盆里种上东西，实在没的可种，就种几粒花生，要不，就种一块姜。你爸嘲笑我是'农妇转世'，我呢，还挺认可他这个评判，哈哈……不过，我想跟你说的可不是养花的问题，我想跟你说人性的一个特点：人，一旦在某件事上尝到了甜头，他就遏制不住地要复制再复制。这就是人们通常说的——从0到1的距离，通常会大于从1到1000的距离。我们甚至可以这样说：1与1000比邻而居。就说对面楼里那个焊了铁罩子搞立体绿化的人，一定跟你老妈一样，从养一盆花到养多盆花，一发不可收……"

后来，家里有个农村亲戚迷上了赌博，输光了家中的所有积蓄，又借了钱还赌债。我得知此事后很同情他，便给他汇去了一些钱。收到钱后，他打来电话，大哭。他说："妹子妹子，我要是再耍钱，我就砍掉自己的手指头！你一辈子都别再认我这个哥了啊……"我在电话这边陪着他哭，说了好多劝慰的话。大概过了不到一个月的时间，嫂子打来电话，大哭，说："你哥又去赌了！我没法跟他过了……"我听后十分震惊，儿子却在旁边笑笑地说："妈，这有什么好大惊小怪的？这不就是要么不养花，要么养一阳台花还嫌不够吗！这不就是你所说的'1与1000比邻而居'吗？"

再后来，接触到了"路径依赖"的说法，明白了上述事件均可以表述为：人们一旦进入某一路径（无论是"好"还是"坏"），就可能对这种路径产生依赖。一旦人们做了某种选择，就好比走上了一条不归之路，惯性的力量会使这一选择不断自我强化，并让你轻易走不出去。

——这多像是"鬼打墙"！你掉进了一个怪圈，任凭怎么奔突、挣扎都逃不出一种无形的辖制。你试图前行，却周而复始地踩在自己的脚印中。

"路径依赖"普遍地在我们身边存在着：发表了一篇文章，就生出再发表十篇八篇文章的欲望；献了一次血，就有了再献十次八次血的冲动；资助了一个"珍珠生"，就滋生了再资助十个八个"珍珠生"的想法……而当你第一次蔑视规则却侥幸获赞，当你第一次徇私舞弊却未被拆穿，当你第一次背信弃义却喜得红利，你自然也会踏上一条不归之路，在不断地"自我强化"中一点点逼近生命的断崖。

所有的"习惯"里都住着一个魔。它一旦统摄了我们的灵魂，我们即会不由自主地向着一个它所指定的方向断然滑去——一个美丽派生出千万个美丽，一个丑陋派生出千万个丑陋。

一想到"1"与"1000"原是比邻而居的，我们就应该感到惊骇、悚震。每个人，都不妨在初始的选择面前打一个激灵，因为，这个初始的选择中藏匿着一个"隐形按钮"，按动之后，它将死死地操控着你，不是让你"越飞越高"，就是让你"越陷越深"……

树先生

日月经天，江河纬地，你静默地站在一个属于自己的位置上，用枝叶对话阳光，用根须对话泥土。

春日里，应邀到阔别多年的学校旧址去参加一个活动。一路走，一路叹——变了，一切都变了；远远看到那个放置着我青葱岁月的校园，也已面目全非。下了车，走在曾经熟悉的路上，履底已然寻不到往昔的足迹；所有的建筑都是新的，新得让人手足无措。突然，我惊呼起来——我看到了记忆中的那五棵老丁香树！它们居然无恙！它们居然一如我初到那年春季安静地开着淡紫色的花朵！我奔过去，抚摸它们，在心里说着温存的问候语……我回头对身边的一位活动组织者感叹："只有这几棵丁香树是老东西了。"她笑笑说："规划这楼房的时候，本应砍掉这几棵丁香树。但是，关键时刻，有个人站出来替它们说了几句话，他说，这几棵丁香树都七十多岁了，比咱们都生得早，按理说，咱们应该尊它们一声'树先生'才对，欺负老先生，不合适吧……就这样，楼房往后跳了两米，丁香树留下来了。"后来我知道，为树请命的人就在活动现场，登时对他生出敬意。

——敬重树的人，让我敬重。

　　在绥中，遇到一位爱树的校长。那校长讲了一个关于树的故事——有一年秋天，他瞄上了一棵高大的银杏树，恰好他的新学校刚刚落成，若是能移来这棵树，那可就太添彩儿了。他便竭力跟能做主的人套近乎，那人终于开口讲了一个价。"其实就是半卖半送。"校长说。到了来年春上，他备足银两，预备去买那棵银杏了。但是，负责移栽的专家去了现场，感叹道：这么美的树形，砍掉枝干真可惜；就算砍掉大部分枝干，成活的可能性也只有70%。校长一听，毅然决定放弃买树。他对我说："每年秋天银杏叶子黄透的时候，我都要去看看那棵树，很庆幸自己当年没做傻事。"这位校长曾来过我们学校，当听我说学校面临搬迁时，他首先操心的竟是校园里的那五棵雪松。"你们一定要请最好的林业专家帮你们移栽。记着，挖树前要在向阳的那面做个标记，栽树的时候，阳面必须还要朝阳。"

　　在南宁的钻石海岸酒店前，有一棵巨大的榕树。直直的马路，为了避让它，竟谦卑地拐了一个弯。清晨起来围着它散步，惊讶地发现树下有红绸、有香灰！我想，来烧香的人，一定痴信树里住着一个神，他们向着那树顶礼膜拜，对它的神力深信不疑。

　　在贵州梵净山乘坐缆车时，我身边坐了一位同行的植物学家。他无视身边几个女孩夸张的尖叫和搔首弄姿拍照，两眼直视窗外，一一呼唤沿途树木的名字，语调亲切，如唤亲人。我知道,一到梵净山,他就开始不懈地寻找一种叫作"柔毛油杉"的珍稀树种。因为他左一句"柔毛油杉",右一句"柔毛油杉",搞得大家都会讲这个拗口的树名了,末了,索性就将"柔毛油杉"当了他的绰号。

听一位老师讲牛汉的诗《悼念一棵枫树》,那是那位老师自选的一篇课文。我猜,他定然是爱诗的。当讲到"哦,远方来的老鹰,还朝着枫树这里飞翔呢"时,他突然嗓音发颤,不能自已……我连忙埋下头,不敢看他。听完了课,我明白了,他对树的爱,远远超过了他对诗的爱。

无论是先于我生的树还是后于我生的树,都请允许我尊你一声"树先生"吧。——树先生,你的内心,也有隐秘的欢乐和忧愁吗?你也渴盼着知音的出现吗?当我有幸邂逅了你,你能读懂我对你心怀的深度好感吗?日月经天,江河纬地,你静默地站在一个属于自己的位置上,用枝叶对话阳光,用根须对话泥土。你活成了圣哲,活成了神祇。你给予我生命的柔情抚慰,胜过了一打心理医生。遇见你,敬慕你,礼赞你,祝福你,除了这些,我不知自己还能做些什么……

钟情种子

它定然于小小的心中，藏匿了一颗暖暖的太阳，自我照耀着，在黑色的淤泥中执着泅渡，不挣脱，不甘休。

喜欢繁体字"种"的写法——"禾"加"重"，禾之能重（重复）者，为"种"。这个字，是否隐含着这样的金玉之言：一粒麦子，若不落在地里死去，仍旧是一粒；若死了，就结出许多籽粒来。

单位聘请的园丁是一位地道的"庄稼把式"。那天，他在春阳下撒播油菜花籽，边播种边自语："有钱买种，无钱买苗哇！"我好奇地问他为什么。回答说："从种到苗，不光要看老天爷的脸色，还要看土地爷的脸色，更要看种子的心劲儿大小。"我恍悟。仿佛是要印证他的话，我仔细点数了格桑花、旱金莲、虞美人的种子，在花盆里播下。若干天后，有嫩芽破土，点数那稀稀拉拉的小苗时，忍不住服膺地一再点头——果真被那位老园丁言中了呀。

相比于购买成年植株而言，我以为播种更为有趣。那见证了盆中物从死到生、从小到大、从弱到强的人儿，对生命的体悟亦随之丰富起来、细腻起来，甚至是，跟着那植物，自己也重生了一回。

我朋友张玉江，是一名水稻研究专家。他得意地告诉我说，有一种名叫"黑条隆膈飞虱"的稻田害虫就是他首次发现的，所以，此害虫的拉丁文名称中含有他的姓"Zhang"。我跟他开玩笑说："让一种虫虫随了你的姓，你真是牛翻天了！"就是这个张玉江，曾送给我一小袋他种植的大米。怕我不珍惜，郑重嘱我道："这一粒粒的，可都是稻种啊，金不换的，你可要用心吃！"结果，我吃得太用心了——煮粥的时候，舍不得全用"张氏稻种"，只掺一小把；吃的时候，试图靠舌尖区分哪粒是普通大米、哪粒是"金不换"，吃得这个辛苦啊！一想到自己吃的本是可以掀起"千重浪"的珍贵稻种，竟有一种卸不掉的压力。因而，当玉江再次表示要送我"稻种"的时候，我断然拒绝了。

种子，是个神圣的词。非籽粒中之特别卓异者、幸运者不可以成为种子。傲慢的忽略，如影随形地跟定每一颗可能成为种子的籽粒。土地的呼唤再急切，也抵不过亿万个焦灼的味蕾对它念诵的魔咒。

季羡林先生写的《清塘荷韵》让人百读不厌——他朝燕园的池塘里投下五六颗洪湖莲子，但那莲子狠心地辜负了他。两年了，他已将心交付绝望。可到了第三年，忽见水面浮起伶仃的几片荷叶；第四年，那荷叶惊人地扩展蔓延，且开出了绝不同于燕园其他荷花的"红艳耀目"的、"十六个复瓣"的荷花！面对朋友"季荷"的赐名，老先生的欣悦是不可言喻的。"难道我这个人将以荷而传吗？"他如是问。我知道，这问中是满满的自得、满满的自矜。

想那洪湖莲子，究竟是怀抱了怎样一个不死的愿望，方能在沉寂了一千多个日子之后慢慢醒来？它定然于小小的心中，藏匿了一颗暖暖的太阳，自我照耀着，在黑色的淤泥中执着洇渡，不挣脱，不甘休。

美国作家凯伊·麦克格拉什在其《歌唱的种子》中讲过这样一个在达尼人中流传甚广的故事：鸟和蛇曾经有过一场战争，决定人类是同鸟一样会死去还是同蛇一样蜕皮永生。鸟赢了战争，所以决定了人类会死亡，而不是永生。但是，达尼人认为，人又绝不同于其他动物——人有灵魂。人的灵魂在心脏附近，它有一个好听的名字，叫"歌唱的种子"。"歌唱的种子"是人与人之间联结的纽带，假如族群中一个人"歌唱的种子"死去，那族群中所有"歌唱的种子"就会受到伤害。

你心脏近旁那颗"歌唱的种子"还好吗？即使心脏停跳了，你"歌唱的种子"也依然可以无恙的呀。古人云："薪尽火传。"那超越了柴薪得以传继的，不就是"火之种子"吗？

——埋没，是一个让种子们欢呼雀跃的词吧？太多的生命惊悚地拒斥着黄土，唯有种子，相思般地苦念着春泥。那就让它在春泥中隐身吧，让它娓娓告诉你，什么叫向死而生。

你我的"羽衣"

如何永葆"飞了来的"那份高贵与骄矜,不忽怠、不坠落、不葡萄,秘密,大概都藏在我们身着"羽衣"、不倦飞翔当中了吧?

张晓风在《母亲的羽衣》中写道,每一个女孩都曾有一件柔美的"羽衣",一着身,即可飞至云端。她们都曾住在星河之畔,织虹纺霓,藏云捉日。她们几曾烦心挂虑?她们是天神最偏怜的小女儿,她们终日临水自照,惊讶于自己美丽的羽衣和美丽的肌肤,她们久久凝视着自己的青春,被那份光华弄得痴然如醉。

当然,作家以"羽衣"比喻女子的素年锦时,以女子脱卸了"羽衣",穿起粗布衣裳比喻她甘愿走出仙境,下到凡间。

今日,我想借张晓风笔下的"羽衣"一用,试问诸君:你可有这样一件"一着身,即可飞至云端"的宝贝"羽衣"?

我一直为我们将"習"字简化成了"习"字而遗憾呢!"習"字的本意为"鸟儿在太阳之上飞翔"。这个字,本身就是一幅画呀!

鸟,为了拥有蓝天反复练飞,就是"习";人,为了熟练掌握某种知识技能，也需要"习"。"习"的人，一律穿着一件看不见的"羽衣"，以初而稚拙，继而娴熟的姿势，飞。

"习"，是迎风击雨的坚韧，是凌霜斗雪的执着。"一万个小时定律"，让我们不敢心存侥幸；"艾宾浩斯遗忘曲线"，让我们不信一劳永逸。与张晓风笔下的"羽衣"可被母亲甘心锁进樟木箱子不同，我们的"羽衣"，要永生永世地穿在身上啊！

徐志摩在他的《想飞》一文中写道："我们最初来就是飞了来的。"第一眼，我就被这个美丽的句子击中。诗人慷慨地将我们凡庸的生命定义成了"天使"。如何永葆"飞了来的"那份高贵与骄矜，不忽怠、不坠落、不匍匐，秘密，大概都藏在我们身着"羽衣"、不倦飞翔当中了吧？

以鸟为范，让我们体验御风而飞的快感！让我们说——张我双翼，水击三千。学无止境，气有浩然。背负青天，取则行远……

注意！此时此地！

小岛上会说"此时此地"的鹦鹉与严寒之际说着"得过且过"的寒号鸟，都在为生活在大地上的人们代言。

英国作家赫胥黎曾写过一篇小说《岛》，说的是在一个与世隔绝的小岛上，所有的鹦鹉都说着同一句话："注意，此时此地！注意，此时此地！"原来，这是岛上的居民教给它们的，他们让鹦鹉们随时随地提醒自己保持一种"灵魂在场"的状态，争分夺秒地去做事、成事。

我忍不住想：哇！这些鹦鹉，多像是朱光潜先生教出来的呀！因为，朱光潜先生有个"三此主义"的座右铭——"此身此时此地"。它的含义是：此身应该做而且能够做的事，就得由此身担当起，不推诿给旁人；此时应该做而且能够做的事，就得在此时做，不拖延到未来；在此地（我的地位、我所处的环境）应该做而且能够做的事，就得在此地做，不推诿到想象中的另一地去做。

显然，这是一个不尚空谈、着眼当下、脚踏实地的"积极入世者"宣言。

不由得想到陶宗仪的《南村辍耕录》一书中写到的寒号鸟。其实，寒号鸟不是一种鸟，它的学名叫"复齿鼯鼠"。它白天待在巢内，黄昏或夜间外出活动，可由高处向低处滑翔。因其生性怕寒冷，日夜不停号叫，俗称"寒号鸟"。

《南村辍耕录》卷十五记载："五台山有鸟，名寒号虫。四足，有肉翅，不能飞，其粪即五灵脂。当盛暑时，文采绚烂，乃自鸣曰：凤凰不如我。比至深冬严寒之际，毛羽脱落，索然如鷇雏，遂自鸣曰：得过且过。"

我们可不可以追问一句：寒号鸟的叫声是谁教的呢？

当然，它生来就这样叫，不似鹦鹉，长于学舌，可以代为表达人的意志。但假如我们设想寒号鸟的叫声也能代表人的意志，那么，谁是它的"同道"呢？

其实，那些自视甚高者、苟且偷安者，都有资格做寒号鸟的"同道"。

小岛上会说"此时此地"的鹦鹉与严寒之际说着"得过且过"的寒号鸟，都在为生活在大地上的人们代言。

一生都在诵念着"此时此地"这句台词的人不多见，同样，一生都在诵念着"得过且过"这句台词的人也不多见。对多数人而言，都是交替诵念这两句台词。在顺遂的好日子里则说"及时当勉励，岁月不待人"，在拂戾的孬日子里则说"对酒当歌，人生几何"。

日子，果真有好孬？

学者熊泽蕃山曾花了许多年追求开悟,但一直没达到。一天,当他路过市场时,无意中听到了一个屠夫和一个顾客之间的对话。顾客说:"给我一块最好的肉。"屠夫回答说:"我这里的每一块肉都是最好的,这里没有任何一块肉不是最好的。"听到这后,蕃山就开悟了。

如果这世上有"卖日子"的神,它会不会说"我这里每一个日子都是好日子,没有孬日子"?

所以,"注意,此时此地!"就成了深切关照我们薄凉生命的慈悲选项,不是吗?

包容是一条五彩路

当他们满怀信任地将自己的孩子再度送进自己的母校时,总忘不了牵着孩子的手,带他们来走这条五彩路。

一个小学校长在他的校园里巡视,当他走到教学楼后面一条正在铺筑水泥的小路前时,他发现还没有完全凝固的水泥面上有两个玻璃球。他绕过去,尽量靠近那两个玻璃球。他想,一定是孩子们在课间玩耍时一不留神把玻璃球弹到了这里,如果现在不赶快把它们抠出来,等水泥完全凝固了,那玻璃球就成了永远的镶嵌物。他弯下腰,准备伸手去抠玻璃球。突然,有两个男孩咻咻地笑着,手拉手从他身边飞快跑过,跑出几十米后,又警觉地回头,似乎是担心会遭到校长的批评。校长愣了一下,猛地意识到了什么。他摆摆手,示意那两个男孩过来。

男孩吐着舌头不情愿地走过来,手紧紧捂着口袋。校长微笑着对他们说:"你们能不能借给我一样东西?"两人齐声问:"什么东西?"校长说:"你们口袋里的东西——玻璃球。"两个男孩惊讶万分,低着头,不敢迎视校长的目光。口袋里一阵脆响之后,十多个玻璃球交到了校长手里。

校长俯下身子，像个淘气的孩子，把玻璃球一个一个按到了水泥路面上。两个男孩连忙向校长认错，承认原先那两个玻璃球是他俩按进去的，并表决心说"再也不敢了"。校长听了爽声大笑起来。他说："为什么要认错呢？我表扬你们两个还怕来不及呢！你们看，水泥路面原本多么灰暗、多么单调，但是，镶上了几个玻璃球就显得多么精神、多么漂亮！快去，告诉你们的同学，让大家把玩过的玻璃球、小贝壳、彩石子全都拿来，砌出你们自己喜欢的图案——心形、圆形、三角形，什么图形都可以，咱们要把这条路铺成一条五彩路！"

多少年过去，当年的孩子又有了孩子。当他们满怀信任地将自己的孩子再度送进自己的母校时，总忘不了牵着孩子的手，带他们来走这条五彩路。那些美丽自由的图案附丽着少年花样的梦想，被一条缎带般的甬路阐释得很具体很透辟。不再年少的心澎湃着，激荡着，在分享不尽的一份包容与睿智面前，再一次领受了生活的美好，再一次汲取了奋进的力量。